那一抹红

刘计平 著

山西人民出版社

图书在版编目（CIP）数据

那一抹红 / 刘计平著. — 太原：山西人民出版社，
2024.5

ISBN 978-7-203-13342-1

Ⅰ. ①那… Ⅱ. ①刘… Ⅲ. ①散文集—中国—当代
Ⅳ. ①I267

中国国家版本馆CIP数据核字（2024）第079487号

那一抹红

著　　者：刘计平
责任编辑：吕绘元
复　　审：刘小玲
终　　审：武　静
装帧设计：御龙文化传媒

出 版 者：山西出版传媒集团·山西人民出版社
地　　址：太原市建设南路21号
邮　　编：030012
发行营销：0351-4922220　4955996　4956039　4922127（传真）
天猫官网：https://sxrmcbs.tmall.com　电话：0351-4922159
E - mail：sxskcb@163.com　发行部
　　　　　sxskcb@126.com　总编室
网　　址：www.sxskcb.com

经 销 者：山西出版传媒集团·山西人民出版社
承 印 厂：山西出版传媒集团·山西人民印刷有限责任公司

开　　本：890mm×1240mm　1/32
印　　张：7.75
字　　数：174千字
版　　次：2024年5月　第1版
印　　次：2024年5月　第1次印刷
书　　号：ISBN 978-7-203-13342-1
定　　价：59.00元

如有印装质量问题请与本社联系调换

沉睡的地图动了

　　大约 2022 年冬，上校退休军官刘计平就将他的书稿《那一抹红》带至藏朵舍工作室，当时正值疫情防控期间，让人很难彻底静下心来阅读。关于阅读，如果不能真诚地切入文本，那么很难准确深入地探究其笔下的世界。归根结底，我还是逃脱不了凡人的在场生活，守不住一颗虚无的宁静之心。

　　直到夜色微黄的 2023 年 5 月 20 日，我风尘仆仆从恩施赶回赴刘计平的成都之约，才知他接受了部队的新任务，很快就要返回曾经战斗生活的地方山西阳泉，这才意识到刘计平委托之事被我严重耽误了。

　　刘计平的这部散文随笔集，在他的朋友圈零散看过一些，是他在《阳泉晚报·红色印记》的专栏文字。这一次结集成书，他在专栏文章的基础上，对每篇文章进行了润色，面貌可谓焕然一新，给我带来阅读上的感动和震撼。可以说，即使没有到过阳泉的人，看了这部书也会眼前一亮，仿佛沉睡的地图动了。

中国共产党胜利前创建第一座人民城市阳泉，刘伯承师长创造七亘大捷重叠设伏经典战例的峰台垴；构筑五指战壕击退日军数十次进攻的896高地；全军英模血战磨河滩钢铁连浴血搏杀的娘子关下绵河畔；空村斗争围困日军9个月迫其撤退的岔口村……这里面的书写，既有一个人在浩瀚历史中打捞起来的史海钩沉，也有一个现代军人重返战场的静静聆听、深切感受、现实见证和刻骨反思。

一座座革命纪念馆、一块块烈士纪念碑、一个个红色遗址定格在眼前，一位位老八路、老解放、老民兵、党史军事专家、红色讲解员不时闪现于文字背后的画外音……掩卷之余，我想阳泉拥有130多处红色遗迹或纪念地，不知这算不算得上红色城市之最，那些并未消散的滚滚硝烟，连同那些英雄的名字与一座城和一个国家紧密相连的命运，不得不让人重新审视阳泉这座城。刘计平《那一抹红》的书写，不仅完成了一次生命融解红色情感的对话，也是他与一座红色城池的重逢。作为土生土长的阳泉人，刘计平的军旅生活从副连到正团，及至退休都没离开阳泉，可见阳泉的红色掌纹在一个共和国军官笔下的熟知程度，刘计平之于红色的忠诚与热爱不仅来自个人身份的指向，更多的是来自军营文化血液的浸染与红色大地的养分，如果连军人也忘了红色历史，不再追录，那么那些硝烟就真的消失了。

人与历史的重逢，有时也映照着人与人的机缘。2021年11月26日，我收到刘计平微信发来的几张翻拍的书页图片，细看竟是1998年第6期《军营文化天地》杂志，上面有我的小文《呀啦嗦之歌》，这是刘计平在丈母娘家翻阅整理旧书报时的惊喜发现。恍然明白，我与刘计平的"相遇"，至少可以倒回20多年，但我们晤面，离不开在成都服役并把成都当故乡至今的青年晋商张兆旭的引领，这是刘计平脱下30年军装后，首次以一个无拘无束的行者，抵达儿子上大学的地方；这是军人相逢是首歌的成都万年场，汾酒火锅煮热血，晋川之友话军旅。这个拥有5个2的日子，特别值得记录——2020年12月22日。

在刘计平散板式的诗性笔调中，不难发现一个人观察历史与一座城池发生关联的方式。阳泉城史的重要一部分以另一种方式存在于一位军旅书写者笔下，这是持续传承阳泉生命的精神坐标，也是刘计平书写红色信仰的城市范本。记录历史重在平实，大可言简，甚至慎行。如此这般，读来难免枯燥乏味，但刘计平笔下始终难掩一颗浪漫的抒怀之心，这无疑增添了阳泉册页的阅读激情与趣味魅力。我想这与刘计平长期直接参与建设故乡红色文化工作不无关系，也就是说，他在文本中积累了自己的红色书写经验，亮出了自己的写作审美取舍线条，构建了自己的精神向度。他先后主持编辑出版《大道沧桑：盂县武装工作77年》《峥嵘岁月永不褪色》《老兵军礼：一个太行山革命老区的老兵影像档案》《追寻在太行山上》等国防教育书籍，指导创建了盂县人武部国防教育系列展厅、张家垴惨案纪念馆、教场烈士陵园等红色教育场所，宣扬推出了郭倩娜、崔达道2名感动山西国防动员新闻人物。《那顶浸血的钢盔》在退役军人事务部组织的主题征文中，获得唯一的一等奖。同时，刘计平采访阳泉市离退休干部服务中心44名军休干部，主持编辑、拍摄了《军旅荣光：军休老兵口述历史》一书及同名微视频，被阳泉市军队离退休干部服务中心表彰为最美军休志愿者、优秀共产党员。所有这些成就的取得，无疑为他书写《那一抹红》这部作品，增加了底气。

《那一抹红》中的每篇散文随笔，都是刘计平在现实中关照历史的一帧存照，或素描，或旁白，或特写，或漫记，有如修补一张城市文化名片的意义，为阳泉内外增加了宽度和厚度，让一座历史城市凸显出它应有的底气与阔气。他所抒发的情感则是一个反观历史的镜像，他的文本某种程度上具备了探讨红色文化与一座城池生发联动方式的样本意义。在渐行渐远的历史越来越图解我们生活的当下，刘计平的书写，其意义也是一种对红色的澄清，澄清了红色文学该写什么、不该写什么，作为军人如何书写红色文学这一重大命题。红色于刘计平而言，不仅是一枚胎记的成长使然，而且是沉潜在他内心深处的使命意义。他的记录中有战地黄花的浪漫主义，有人文地理的知识构成，也有红色大地的生命底色，由此我们可以探究生命个体面对身边浩瀚的历史，如何将自己的灵魂安放于历史现场中，他的欲望、军人特质该如何彰显。

《那一抹红》无论是从体量，还是从书写特质上来说，都称得上阳泉册页的精致读本，是一部利在青少年认知红色阳泉、传承阳泉红色之旅，踏寻红色路径的精彩之作。历史的书写者，就个人文学创作而言，如何从繁杂的历史碎片中醒来，背对与在场，赋能历史温度，在语句中练习如何击中大多数人不在场的虚无空间，在古今中穿梭历史事件的去伪存真，写作者除了学识心性的视角选择外，还应有大开大合的布局。期待刘计平打开世界，打量人心。

是为序。

凌仕江
2023年7月2日
成都藏朵舍

（作者系中国作家协会会员，国家一级作家，获第四届冰心散文奖、第六届老舍散文奖，著有《你知西藏的天有多蓝》《说好一起去西藏》《西藏时间》《天空坐满了石头》《藏地羊皮书》《蚂蚁搬家要落雨》《藏羚羊乐园》《藏地孤旅》等10余部作品）

阳泉市桃北西街　中共创建第一城雕塑

目　录

亮 剑

壮 烈

敬 仰

一座城市的红色路标（开篇）

"飙轮迎月入阳泉，灯电照明半壁天。争赞浑如到香岛，归来仿佛遇桃源。" 1965 年，郭沫若先生途经阳泉凭栏远眺，煤海新城的月夜，万家灯火与矿山灯光交相辉映，先生心潮澎湃，欣然提笔，留下了这首《夜宿阳泉》。

彼时，一段鲜亮的红色创城史尚被尘封，直到 40 多年后才惊艳于世！阳泉，这座太行山上的小城，竟然是中国共产党夺取全国胜利之前创建的第一座人民城市，是一座红色城、英雄城！

行走在小城的每一条街巷，仿佛汇入赤色的洪流。那一个个红色路标，测序了这座城市的红色基因，连接起这座城市的红色血脉……

保晋巷。一个青砖叠砌的小院，不经意间迎接了这座城市的第一缕朝晖。1947 年 5 月 4 日，中共冀晋区党委、行署决定，把在正太战役中获得解放刚刚两天的阳泉镇从平定县划出，成立阳泉市。市委、市政府机关部门随即进驻这个小院，开启了一座新城的创建。打扫战场、恢复生产、重建秩序，一项项任务运筹帷幄地部署，一件件工作紧锣密鼓地展开。党史专家把阳泉建市定位为：标志着"中国共产党结束了农村包围城市而开启了城市领导农村的新阶段"，党的工作重心"由农村转入城市"进入探索实践，创造了中国共产党夺取、接管、建立、管理城市政权和经济建设的经验。如今，这个小院作为中共创建第一城旧址，敞开大门迎接每一位来探寻这段红色创城史的旅人。

德胜街。一个屹立百年的车站，默默见证着风起云涌的红色历史。这里是1906年建成的正（定）太（原）铁路中心点附近的一个车站——阳泉站。阳泉，从此由车站发展为集镇，由集镇发展为城市，逐步走向革命斗争的前沿。1923年，在正太铁路工人大罢工中脱颖而出的阳泉站养路工人梁永福，成为铁路工人的领袖、阳泉第一个中共党员，组织领导了一系列工人运动。在抗日战争和解放战争的烽火硝烟中，阳泉站始终是敌我争夺的焦点，车站砖墙上那大大小小的枪眼弹坑，默默地诉说着曾经的苦难辉煌和铁血荣光。

街巷深深，兴隆街、新市街、官坊街、油篓沟……几度风急雨骤，涌动谍战暗流。

狮脑山。一座饱经战火的山峰，挺起了军民众志成城的铜墙铁壁。1940年8月20日，震惊中外的百团大战打响，在这座海拔1160米的山上，在被敌机轰炸得体无完肤的阵地上，八路军与日军鏖战7天，取得了辉煌战绩。山峦间，高40米的纪念碑形如一把锋利的刺刀直插苍穹；纪念馆里，八路军120师、129师、晋察冀军区105个团，在长达200多公里的正太铁路沿线同时发动破袭战的恢宏场景激荡着每一位参观者的心；896

高地上，2000多米的战壕仍然蜿蜒在山脊，射击孔、观察口依然瞄准敌人来犯的方向……

南山村。一个狮脑山后山腰的小村庄，激荡起参战支前的磅礴力量。为支援八路军固守狮脑山，南山村全村总动员，民兵肩挑人扛冒着枪林弹雨搬运弹药，乡亲们把全村的粮食收集起来，在野地里埋锅造饭送上战场。粮食吃完了，就把地里尚未成熟的玉米、黑豆和野菜蒸成干粮，豆角、南瓜做成菜汤，想方设法让战士们填饱肚子，支撑着部队在绵绵阴雨里与日军苦战，谱写了一曲拥军支前的抗战壮歌……

山连着村，露梁山、七岭山、风坡山、大汶村、马山村、辛庄村……几度烽火熏染，终迎红旗招展。

南庄路。一处抗战兵工厂遗址，倾情演绎着一个时代的"红色工业秀"。这个名为1947·阳泉记忆的展馆聚落，全景式还原了这座城市的红色征程、工业文明、生活记录。煤和铁是太行山赋予阳泉的宝藏，当年，孙中山先生留给山西的"以平定煤铸太行铁"，引领了小城重工业的开端。从这里铸造的手榴弹、炮弹壳源源不断地被送到抗战前线，成为消灭敌人的利器。

红色大道。一条长约5.6公里的南大街，犹如一条红飘带，唤醒人们点点滴滴的红色记忆。从狮脑山下的阳泉市革命传统教育学院出发，穿过象征党和人民心连心的天桥——红桥，经过建市公园一路向东，红五星标识在绿化带中闪闪发光，红白相间的护栏格外醒目，百米红廊浓缩了城市的红色气质，"红旗飘飘"主题墙和"烈焰红星"灯光艺术装置吸引着市民驻足欣赏，"新城旧忆""希望之城"主题红色砂岩浮雕，展现着一代代阳泉人踔厉奋发、笃行不怠的铿锵脚步。

道路远阔，正太铁路、阳盂公路、秦晋驿道……几度弹坑累累，烟锁沧桑大道。

由这条市区主干道向四周延伸，小河村石评梅祖居、东营盘人民日报造纸厂旧址、清城村红24军成立地、七亘村重叠设伏战场、娘子关保卫战纪念碑、药岭山八路军利华制药厂陈列馆、石家塔村盂县抗日政府驻地、娘娘庙村平（定）东抗日根据地纪念馆、南庄村抗战地道……遍布城乡的138处重要党史事件和重要机构纪念地、革命领导人故居和活动遗址、各类烈士纪念设施，铭记着一座城市的红色革命史，成为开展爱国主义教育和国防教育的生动课堂。

如今，在307国道进入市区的路口，在革命烈士陵园的纪念碑旁，在泉中路桃河岸边，三座不同造型的中共创建第一城巨型雕塑巍然挺立，如中流砥柱，如迎风大旗，如劈波雄舰，承载着太行山老区人民坚如磐石的初心使命。

在这座城市的编年史上，红色，永远是最闪亮的底色，那一抹红，点亮一座城；那一抹红，永续传承。

（写于2022年12月）

使命

一城山水涵养红色谱系
一个小院沐浴新城荣光
一程远征踏破金戈铁马
一粒火种点亮千沟万壑
一渠清流润泽红色热土
一道山岭成就将星传奇
一叠麻纸传递战斗号角
一条小路运送温暖如春
一声召唤投身保家卫国
一庭少年传承前赴后继
一把手枪牵系心底谜团
一缕药香凝结神奇力量
一面红墙熔铸弹道锋芒
一曲高歌激荡烽火山河

盂县梁家寨乡骆驼道村　牛道岭阻击战遗址

使命接力

在阳泉市展览馆领取了"美在阳泉——中共创建第一城"摄影作品展入选证书，流连于展厅里一幅幅参展照片间，中国共产党领导创建第一座人民城市的历史脉络和艰辛历程，在我的眼前徐徐铺展开来，在我的脑海里渐渐明朗起来……

那是一个值得铭记的日子——1928年2月11日。

霍州会议决定，在阳泉这个产业工人聚集的工矿区成立市委，并任命邓国栋为阳泉市委书记。

对于肩负的历史使命，这位年轻的战士激情满怀。就在他背起行囊，踌躇满志准备开赴阳泉的时刻，祁县工农暴动时机成熟，当时作为省委委员、中共太原地方执委会委员的邓国栋，临危受命紧急组织实施暴动，然而就在他主持召开中共祁县县委会议时，被国民党祁县清党委员韩希休告密，不幸被捕。遭受敌人残酷的折磨，邓国栋的四肢被打残，气息奄奄。

"我们以未亲眼见到苏维埃政权在山西实现为憾，盼以革命武装反对反革命武装，求得革命彻底胜利……"这是23岁的邓国栋临刑前留给同室难友的遗言。

直到生命的最后一刻，他依然对自己的使命充满无限憧憬！

"出师未捷身先死，长使英雄泪满襟！"这位任职仅16天的阳泉市委书记便惨遭毒手，如同一颗流星从暗夜划过，来不及璀璨，来不及耀眼，便坠落在反动派的腥风血雨里。

如果没有这次意外，阳泉这座城市的历史或将被改写。邓国栋倒下了，他不会知晓，从他被任命为市委书记的那一刻起，中国共产党创建自己人民城市的征程就此开启，一场接力长跑鸣枪开步，尽管道路崎岖，但，使命无悔……

征程漫漫，几度筹划酝酿，几度披肝沥胆。

邓国栋牺牲19年后，历史的机遇再一次选择了阳泉。

1947年4月，晋察冀野战军以3个纵队的兵力发起正太战役。5月2日，阳泉站、平定县、盂县相继解放。5月4日，中共冀晋区党委、行署决定阳泉建市，成立中共阳泉市委员会和阳泉市人民政府，任命智生元为中共阳泉市委书记兼阳泉市人民政府市长。当时正在寿阳县指挥战斗的智生元接到任命后，顾不上擦去脸上的硝烟，马不停蹄赶到阳泉。至此，在夺取全国胜利之前中国共产党创建的第一座人民城市，历经磨难，终于在硝烟尚未散尽的战场上诞生了！

新修订的《中国共产党阳泉市历史》（第一卷）中，浓墨重彩地描绘了这座城市迎来新生的盛景："1947年5月20日，中共阳泉市委、阳泉市人民政府在太上街老君庙隆重召开了5000余人参加的庆祝阳泉解放建市大会，人们高举横幅彩旗，敲锣打鼓，从四面八方汇聚而来，场面盛大，一片欢腾喜庆之势。会上，智生元代表阳泉市委、市政府发表了热情洋溢的讲话，向社会郑重宣布阳泉市建市，并声讨了蒋阎破坏和平、发动内战的罪行，号召全市人民团结起来，克服困难，保卫新阳泉。智生元慷慨激昂的讲话激起与会各界人士的强烈共鸣，会场气氛热烈，台上台下群情激荡。群众代表纷纷登上主席台愤怒控诉蒋阎反动统治的滔天罪行，热情赞颂中国共产党和中国人民解放军的丰功伟绩，表示要跟着共产党和人民政府，共同建设好自己的家园。"

一次次战斗、牺牲、失败，一次次浴火、涅槃、前进……

1928—1947年，在近20年的烽火硝烟里，形势瞬息万变，但中国共产党创建人民城市的轨迹愈发清晰而坚定。从1947年5月2日阳泉解放到5月4日阳泉建市，再到开国大典前的两年多时间里，智生元、任朴斋、程宏毅等四任书记兼市长，王三才、封云甫两任市长接力奋斗，肩负起带领人民建设和经营这座工矿型城市的重任。特别是生于斯、长于斯的任朴斋，1947年9月担任市委书记兼市长，4个月后根据组织需要不再兼任市长，半年后又改任市委副书记兼副市长。1948年12月，任朴斋重新担任市委书记，1949年9月再度兼任市长。局势在变化，岗位在调整，但使命永不移。初心接力，信念如磐！

走出展览馆，凭栏远眺，中共创建第一城大型雕塑，巍然屹立在百年正太铁路边，像一面舞动的红色大旗，又似一桅高扬的风帆，正引领着这座古老而新兴的城市踔厉奋发，勇毅前行！

（写于2022年9月）

阳泉市泉中路　中共创建第一城雕塑

朝晖洒满小院

清晨的桥北街，大部分商铺的卷闸门还未拉起，卖早餐的铺子最早开了门，摆在门口的蒸笼热气升腾，身穿橘黄色工服的环卫工人清理完街角的垃圾桶，收拾着工具谈笑风生，偶尔有行人走过，步履匆匆……

一切，都是那么祥和宁静。太阳升起来，新的一天重新启动。

与这座城市、这条街道一起醒来的，还有保晋巷里的一个小院，朝晖透过楼宇间的缝隙，静静地洒满青砖的墙、灰瓦的檐，洒满院子里的一面面缀着镰刀锤头和五角星的红旗。小院的门楣上，"中共创建第一城旧址"深红色大字被阳光镀上了一圈金边，愈发鲜亮。一列列服装统一、手执小红旗的队伍开始集结，依次走进小院，回望一段足以让这座小城自豪的历史荣光……

然而就在一年前，这个小院还籍籍无名，与其他老居民区的旧院老宅一样，默默地隐身于车水马龙、熙熙攘攘的街巷背后。就连我这个喜欢独自游走寻觅小城人文历史的"扫街客"，这个小院以及它的故事，也始终没能进入我的镜头，安放我的心头。

直到不久前，应邀参观学习，我才从讲解员的介绍里了解到了这个小院的前世今生。

这里原为山西近代最大的民族企业——保晋公司总部，1947年5月2日阳泉解放后，中国共产党随即创建了第一座人民城市，新生的市委、市政府就在这里办公。后来，随着时代的变迁，这个小院日渐凋敝破落。去年，市里专门组织力量将其进行修葺布展，成为全市广大党员干部和人民群众追寻初心的教育基地。

走进小院，一个设置完备的市级机关办公场景展现在眼前。

组织部、宣传部、工商部、公安局一字排开。报社办公室的小桌子上，刚刚印出来的《翻身小报》还散发着墨香；财粮部的案头，一摞摞报表，淡蓝色的钢笔字迹尚未褪色；排房外墙的砖壁里，当年敌特偷袭的弹孔清晰可见；院墙根挖开的防空洞，保持着当年的模样，置身潮湿阴冷的洞中，依稀能听见警报声刺耳的回响……解说员小吴说，院子里那两棵高大的古树，一棵是金凤凰青睐的梧桐，一棵是太行山般雄浑苍劲的国槐。

走进陈列馆，一部波澜壮阔的阳泉市创建史铺陈开来。

那不是革命斗争的红色火种吗？1921年，阳泉女作家石评梅参加了李大钊发起的北京大学马克思学说研究会，成为第一批学员；1922年，平定籍学生戎业厚、杜鸿成返回家乡发起成立马克思主义读书会；1922年，梁永福参加正太铁路总工会阳泉分会，成为阳泉第一个共产党员；1926年，中共平定特别支部组建，甄华成为阳泉第一个党组织的负责人。

那不是夺取胜利的漫漫征程吗？1931年，北方第一支红军正规军——红24军在盂县宣告成立；1937年，刘伯承率部在平定县连续两次痛击日军的七亘大捷创造了重叠设伏的经典战例；1940年，八路军发动百团大战，阳泉作为主战场之一，给侵华日军以强有力的打击，提振了全国军民抗战的信心。

那不是长久积淀的历史选择吗？1947年5月，解放阳泉的炮火刚刚停息，中共冀晋区党委、行署迅速决定设立阳泉市。在一个山区集镇有计划、成建制地组建市委市政府，这在中国共产党历史上属首次。其实绝非偶然，实为深谋远虑。晋察冀边区长期探索的城市管理预想，迫切需要"试验田"。就这样，第一缕"朝晖"历史性地洒在了阳泉。

事实有力地佐证了判断。阳泉建市之后，成为党的工作重心由乡村转向城市的探索试点和实践地，工矿、铁路、商业相继恢复，教育、文化、卫生等各项社会事业开始起步。丰富的煤、铁和硫黄资源以及工矿企业等回到人民手中，成为人民解放军的物资供应基地和战略后方。

一年后，带着这些建设和管理城市的经验，519名优秀干部陆续北上南下，将阳泉模式复制到相继解放的大中城市建设的进程中……

朝晖洒满小院，青砖不言，灰瓦不语，两棵古树并肩挺立。我想，这个神奇的小院，一定还蕴藏着巨大的历史能量，它一定会在后人的不懈求索中，展现出惊世耀目的红色传奇。

（写于2021年8月）

阳泉市桥北街保晋巷　中共创建第一城旧址

征途如虹

迎着夏日的雷雨，我向你奔赴而来，只想急切地告诉你一个信息。

雨滴，轻轻洒落，你的家乡，太行山里的盂县西沟村，蒙着一层轻纱般的薄雾，静谧而神秘。村里窄窄的街道两旁，黄澄澄的杏儿压弯枝头，淡黄色的枣花正在开放……

站在你家的老屋前，我要告诉你：远征，你留在这世上唯一的照片，连同你的事迹，已经映现在南昌八一起义纪念馆大厅的电子屏上了！

3年前，我作为阳泉军分区红色教育参观团的一员，在南昌八一起义纪念馆的英名墙上，第一次看到你的名字——高远征。我以立正的姿势，向你敬了一个军礼！我为你是家乡八一南昌起义唯一的参加者而深感自豪！

不久前的一个夏日午后，当我捧读《阳泉红色百年纪事》一书时，赫然发现在《高氏"三杰"投身新文化运动》一文中配发了一张有你的合影！那是一张你与石燃社成员在太原的合影，黑白照片上9个人里，你在前排最左侧。

我久久地凝视着你，坚定的眼神，刚毅的嘴角，微翘的下巴……

你的照片留存于世，而远在千余公里外的南昌八一起义纪念馆里，却只镌刻着你的名字！一个想法在我脑海里油然而生。

我把那张与友人合影中的你翻拍下来，用尽了影像软件里所有的调整手段，只为让黑白照片上的你脸庞更清晰一些。

我把照片发给在南昌军校任职的李晓东战友，没想到，几天后他就发来喜讯：纪念馆方面相当重视并立即安排，照片和事迹先在电子屏上映现，下一步将作为珍贵史料纳入展陈更新！

站在你家老屋前，我的手指触摸着你家窑洞的青砖，远征，我追寻你的足迹来了。

我的眼眸越过滴水的屋檐，望向窑洞顶上那间独立的小屋，虽突兀于一排窑洞之上，却也是青砖灰瓦，与老屋相互交融。村主任高鹏珠告诉我，那是高家兄弟读书学习的"小阁楼"。黄土高坡的窑洞之上，避开院落的喧嚣嘈杂，为孩子们另辟安静的读书之所。所以才从这里走出了掀起狂飙文化运动、与鲁迅共同创办莽原社的高长虹，受潘汉年邀请主编《革命青年》的高歌，组建山西早期进步文学社团石燃社、参加八一南昌起义英勇牺牲的高远征三兄弟！

遥想95年前的今天，你跋涉千里，来到人民军队起源的地方。我不知道，是怎样的驱动力，让曾经深情地写下了小说《慈母》《生活》的你，走出太行山，汇入革命的洪流。是你从小显露出的为人正直、思想敏锐、向往光明、追求进步的本质吗？是你在太原进山中学读书时与志同道合的同学好友通过新文化运动进行的革命宣传吗？是你早在1924年就秘密加入中国共产党，成为马克思主义的传播者吗？

你远赴武汉参加北伐，再下南昌参加起义，是为相约黄鹤楼，与崔颢一起赏尽"晴川历历汉阳树，芳草萋萋鹦鹉洲"吗？是为登临滕王阁，与王勃共同吟诵"落霞与孤鹜齐飞，秋水共长天一色"吗？

远征，我知道，你的远征，只为心中信仰、革命的召唤！

我看到，你的身影，就在那2万多人的起义铁军里；我看到，8月1日那天凌晨，江西大旅社前，你紧握双拳，眼中放光，红飘带、白毛巾，是那么耀眼；我看到，你和战友们一起，与敌激战4个多小时，挥舞着红旗登上南昌城头，你振臂高呼，豪情满怀；我还看到，起义军一路南下，陷入重重包围，你与最后一面红旗一起倒下，19岁的你壮志未酬，饮恨疆场……

这一刻，仿佛我与你是如此的亲近，如同经年未见的战友。你穿越百年，似乎在与我对话。

曾经鲜衣怒马，曾经热血激扬，我听到你在石燃社里演讲，那发自心底的慷慨激昂！我听到你在铁军中怒吼，那来自胸腔的热血铿锵！

老屋尚在，却没有等到归人……

从这个小院出发，正如你们的名字——长虹，狂飙从天落，理想不灭，一路坎坷！高歌，消逝于历史的长河，歌声回荡，前路漫漫！远征，注定你的出发是一次远征，踏过黄土高原，跨越黄河长江，在南国的红土地上，在钢铁洪流里，火星迸发，壮怀激烈，热血洒尽，征途如虹……

（写于2022年7月）

盂县路家村镇西沟村　高远征旧居

星 火

百年前的那个11月，北京大学。

风吹起满地干枯的黄叶，时而空中飘荡，时而地上翻滚，冬将至，风萧瑟，而在距红楼数百米的一间被称为亢慕义斋的小屋内，一群年轻人正慷慨激昂地谈论着时局。穿透窗棂的朝阳，点亮了一双双求知若渴的眼睛，激情洋溢在青春的脸庞。

从山西来京城求学的石评梅，在北京大学学生、早期共产党人高君宇的介绍下，加入北京大学马克思学说研究会，成为马克思主义在中国最早的传播者之一。

就在与萧红、吕碧城、张爱玲并称"民国四大才女"的石评梅，与高君宇一起手挽着手，高唱着英特纳雄奈尔追求光明与真埋，投身五四新文化运动的同时，她的家乡，那个太行山里的小城平定县，也迎来了马克思主义的第一缕曙光。

1922年夏，从北京协和医院学成归来，在平定友爱医院做牙医的杜鸿成和从燕京大学毕业后回到平定，在新民小学当老师的戎业厚，这两位经过五四运动洗礼，信仰马克思主义的青年，联络进步学生侯富山，发起成立了阳泉地区第一个宣传马克思主义的组织——马克思主义读书会，订购了《新青年》《湘江评论》等宣传新思想、新文化的报刊，以及鲁迅、郭沫若等人的著作供师生阅读，并把《共产党宣言》《工人革命与农民运动》《向导》等书刊秘密推荐给进步青年。由此，马克思主义的种子在太行山的黄土地上扎下了根。

星火已燃，信仰之光，照亮暗夜……

1923年，在正太铁路工人自发组织和声援京汉铁路工人等两次大罢工斗争中，32岁的阳泉站养路工人梁永福机智勇敢、斗志顽强，表现出高度的阶级觉悟、勇敢的牺牲精神和较强的组织能力，成为阳泉地区铁路工人领袖。后经中共北京区执委会批准加入中国共产党，成为中共正太铁路支部的一员，也成为党在阳泉地区播撒的第一粒革命火种。

1925年，五卅惨案的消息传到平定后，平定中学学生甄华、黄信诚、王鹏年等串联各校学生，发表宣言，组织罢课，游行示威，并将学生组成演讲队、募捐队，向工厂、商店、私人募集钱物，声援上海罢工工人。

深受传播马克思主义的回乡进步青年杜鸿成、戎业厚影响的甄华，渴望加入中国共产党，积极寻找党的组织。

这年底，中共太原地方执行委员会成立后，号召共产党员"到工厂去""到农村去"，利用寒假和春节期间开展工作。次年1月，甄华、黄信诚、王鹏年相继加入中国共产党，3人组成中共平定特别支部，代号石艾德，甄华为书记。

鲜红的党旗，映照着青春的身影，阳泉地区第一个党组织——中共平定特别支部正式诞生。

特别支部成立后，他们积极宣传革命思想，陆续物色了一批进步青年作为培养对象，然而由于时局日趋紧张，以石艾德名义收寄的来往邮件被反动当局查出，这个仅存在了一年的党组织被迫停止活动。

星火已燃，风雨不摧，生生不息……

5年后，一支红军部队应运而生！在太行山这座古老的县城中，中共北方武装反抗国民党反动派的第一枪打响了。

1931年7月4日午夜，雨下个不停，驻扎在平定县的国民党正太护路军11师3个团的营区几乎同时枪声大作。在中共山西特委的直接领导下，化装成国民党军官的山西军委书记谷雄一，与早期打入国民党部队的中共党员赫光等人策动平定兵变，带领1200名官兵起义。经过一整夜的作战行军，起义部队来到盂县清城村，宣告成立了赫光任军长、谷雄一任政委的北方第一支红军正规军——红24军。

红军部队从五台到平山一路征战，在阜平县创建了华北第一个县级苏维埃政府，而后他们又转战晋西北，西渡黄河，几经辗转，在陕西建立了革命根据地，在中共党史和红军史上写下了光辉而悲壮的篇章。

星火已燃，汇集成炬，光焰夺目……

无论是最早的马克思主义学说阵地的扎根，还是第一个共产党员、第一个地方党组织的建立，第一支红军队伍的成立，都如同炽烈的星火，璀璨天际。

星星之火，可以燎原。在此后的抗日战争、解放战争中，这星火，借风而行，势如破竹，燃遍了太行山的千沟万壑。

（写于2022年11月）

阳泉市小河村　石评梅塑像

高山清渠

　　一条河，流过高山平原，奔涌岁月如歌；一条渠，蜿蜒崇山峻岭，润泽千亩良田。

　　河，是发源于五台山麓的滹沱河；渠，是诞生在抗日烽火中的彭真渠。

　　从盂县梁家寨乡蔡家坪村出发，我们驱车行进在338国道上。路的右侧，滹沱河奔流不息，阳光照在河面上，波光粼粼，倒映着萋萋绿树；路的左侧，群山绵延，10多米高的山腰上，一条人工垒砌的石墙依山势曲折盘桓。同行的乡干部小郭告诉我们，这就是彭真渠。

　　百团大战后，遭受八路军沉重打击的日军对太行山抗日根据地轮番进行报复性"扫荡"，边区军民的生活陷入极度困境。为彻底粉碎日军的经济封锁，1941年初，晋察冀边区第一行政区决定，在专署所在地盂县梁家寨发展农业生产，实现自给自足，但当时的梁家寨大部分土地是旱地，只有把附近的滹沱河水引来，才能灌溉农田，提高产量，保障供给。

　　时任中共中央北方局书记的彭真，在赴延安汇报工作途经盂县时得知这一情况后，专门召开区党委扩大会议，研究从晋察冀边区并不丰盈的税粮收入中，拨出部分资金用作修渠的人工经费，在原有三义渠的基础上扩建一条引水大渠，彻底改变当地石多土少、水低田高，一遇天旱就禾苗枯焦的面貌。

彭真的关怀，极大地调动了军民的修渠热情，根据地军民迅速组建起一支由200余名精壮劳力组成的修渠队伍，日夜奋战在修渠工程一线。工程从蔡家坪村滹沱河段，经鳌头、独自口、椿树底、梁家寨到沙湖滩村全线铺开。年轻人腰系大绳抡锤打眼，妇女和老人把自制的黑火药送到工地用来开山取石，到处是一派热火朝天的劳动景象。

从1941年秋开始，日军对盂县北部山区滹沱河沿岸一带村庄进行了持续性的大规模"扫荡"，并在椿树底村修筑据点，建渠工程被迫停工。直到1944年8月，八路军将这一地区的日军全部打跑后，被搁置了3年的水渠工程才得以再次开工。修渠民众奋战300余天，终于在1945年3月建成了一条全长12.5公里、堰高1.5米、底宽2米的长渠。

清澈的滹沱河水源源不断，润泽了贫瘠的山地旱田，灌溉面积扩展到了1300余亩。沿渠各村由原先旱地亩产不足100公斤，到后来猛增至亩产300公斤以上。

涓涓清流淌不尽浓浓爱民情。老区人民为表达对彭真和边区政府的感激之情，经盂县抗日民主政府批准，把这条大渠命名为彭真渠，并通过民主选举成立了彭真渠管理委员会。中华人民共和国成立后，彭真渠又数度扩建。到1963年，渠尾延至寺平安村，水田面积进一步扩大，平均亩产达千斤。彭真渠成为盂县最长的一条自流灌溉渠，对当地的经济发展发挥着日益重要的作用。

车行至独自口村，一座跨越两座山的单拱桥呈现在眼前，拱桥中央"彭真渠"3个描红大字闪着夺目的光芒。小郭告诉我们，这是一座渡槽，连接两座山，上面不能过车，只能走水。沿着旁边的小路登上护坡，青石砌成的水渠，犹如一双坚实的臂膀，护佑着一泓清流流向远方。

站在渠上，我们不禁感叹，在那个战火纷飞的年代，老区人民硬是凭借智慧和双手，借助地势，引水上山，修筑了一条"人工天河"，灌溉了千亩旱地，开展了一场轰轰烈烈的敌后大生产运动，为晋察冀边区军民抗日斗争提供了源源不断的保障。

现任彭真渠管理委员会主任梁双牛是梁家寨村人，老梁告诉我们，彭真渠建成以后，管理上采取自治的形式，由沿渠各村共同推选出管委会主任，并定期轮换。

驱车走完这条长渠，我们跨过滹沱河来到对岸，步入一池引河水围建的水塘。穿行在百米木制廊道上，一边是荷叶田田，水波荡漾，千顷澄碧；另一边是月季盛放，绿荫铺翠，花海斑斓。极目远眺，长河落日，山峦鎏金，彭真渠宛如游龙，蜿蜒盘旋，若隐若现。

春风吹绿，夏花描红，秋草摇黄，冬雪落白。

滹沱河日夜奔流不息，彭真渠四季景色更替。一年又一年，彭真渠管理委员会主任换了一任又一任，那枚刻着"盂县四区彭真渠"字样的务工补助专用章，被一代一代传承至今，字迹清晰依旧，印泥红润如初……

（写于2022年10月）

盂县梁家寨乡独自口村　彭真渠

岭上花开红烂漫

　　脚下的这道岭叫牛道岭，位于盂县和五台县的交界处，阳泉 1 号界碑就在牛道岭盘山公路的最高处。刚刚经过的村子是骆驼道村，是阳泉最北端的村子，海拔 1343 米，是当年晋商驼帮往返关内关外的古驿站，被称为北方的茶马古道。

　　正是一年春好处，一夜春雨后，轻雾弥漫在牛道岭上，山峦影影绰绰。一抹阳光透过云层洒落下来，山岭上，粉白色的山桃花，一簇簇、一丛丛在渐渐泛绿的山野上竞相绽放，给这幅墨色浓重的太行山水画涂抹上点点鲜亮。

　　还是这座山，还是这道岭，80 多年前，一场阻击战就在这里打响，也成就了一段开国将星郭天民和唐延杰的红色传奇……

　　1938 年 9 月，日军调集 5 万精锐，分多路对我驻扎五台县的晋察冀军区机关进行突袭。当聂荣臻司令员率军区机关刚刚转移到耿家庄附近时，侦察兵报告，日军一个联队已从盂县出发，翻过牛道岭，直逼五台县。危急时刻，军区参谋长唐延杰和副参谋长郭天民向聂司令员请战担任阻击任务，掩护军区机关转移。

盂县籍军队老干部梁玉章在《山乡烽火》一书中，对这场战斗做了详尽的描述："9月28日傍晚，正在沿山路翻越牛道岭的日军，突然遭到八路军的猛烈袭击。我军居高临下，机枪、步枪、手榴弹一齐向敌人开火，打得敌人狼狈逃窜，不能前进一步，战斗一直持续到天黑。第二天凌晨，唐延杰参谋长抓住战机，亲自带领部队对正在集合的日军发动突然袭击，日军伤亡惨重。整整13个小时，日军被封锁在牛道岭两侧的山沟里，为部队转移赢得了宝贵时间。"

据史料记载，这场战斗，日军独立第4混成旅团联队长清水喜代美阵亡。

牛道岭一战，扬言要胜利开进五台县城、荡平晋察冀军区总部的清水喜代美，命丧太行山。更具讽刺意味的是，清水喜代美是装在棺材里被部下抬进五台县城的。清水喜代美也成为被八路军击毙的第一个日军将官。

面对数倍于我的日军，本是为了掩护军区机关转移的阻击战，硬是让两位参谋长打成了机动战、歼灭战，创造了以少胜多的传奇。

历史，总是惊人的相似。牛道岭战斗一年后，在另一道岭上——河北省涞源县与易县交界处的黄土岭，晋察冀军区的另一支部队，同样让日军阿部规秀中将殒命。阿部规秀成为被八路军击毙的第一个日军中将指挥官！

不同的是，30年前，在我初入军营所在的涞源县，八路军击毙阿部规秀的这段历史，经常出现在报纸、电视新闻里，我也曾多次或随部队，或陪首长到战场遗址参观和接受党史军史教育，而在我军旅历程的最后一个服役地盂县，击毙清水喜代美的这段历史一直鲜为人知……

让人欣慰的是，在盂县党史办、梁家寨乡党委政府的重视和推动下，在当年的战场上建起了牛道岭阻击战纪念碑，在梁家寨革命历史纪念馆里，专题对牛道岭阻击战做了详细展陈。牛道岭阻击战的辉煌战绩正被越来越多的人熟知。

太行古道换新途，80多年后的今天，太行1号旅游公路从骆驼道村穿过，从牛道岭越过。这里，成为网红打卡地。

驿路梨花处处开，80多年后的今天，作为盂县人武部对口扶贫点的骆驼道村，军民一起栽植的苹果树、梨树、核桃树已进入盛果期。以红色为底色，以绿色为依托，古道古村正摆脱贫困，续写乡村振兴的多彩愿景。

岭上花开，不仅是开在眼前的桃花红梨花白，更是开在心田里的那抹烂漫血红！

（写于2021年7月）

盂县梁家寨乡骆驼道村　牛道岭阻击战纪念碑

秘密麻纸

还是那条闹市里的小街，一棵棵国槐给街道铺满了遮阳的绿伞，斑驳的阳光从树荫间透过来，在青砖灰墙上摇曳出经年的光影。

还是那座高大的门楼，中西结合的圈拱、立柱、照壁，成为小街的标志。门楼内是一个叫作东营盘的居民区，一排排青砖平房，小卖部、小吃部、粮油店次第铺开，一间开了多年专做串串的无名小店，让这个普通的老街区成了吃播网红的打卡地。

烟火街巷，市井人家，生活滋味。行走在小街上，路过门楼，许多人都知道，这里曾经是日军盘踞过的兵营，然而人民日报造纸厂曾经在此开设的不寻常历史，即使是上了年纪的老街坊也知之寥寥。直到几年前，一段隐藏在这座高大门楼里、尘封在这排低矮小平房里的红色秘闻，才被几位党史工作者揭开……

时光回溯到1948年6月，阳泉作为中国共产党亲手创建的第一座人民城市，解放并建市刚好满一年，恢复生产、发展经济逐渐步入正轨，支援全国解放的工作进行得如火如荼，而彼时的华北，大部分地区还未解放，华野部队还在与国民党部队周旋交锋，三大战役也即将登上历史舞台。

正是小街槐树成荫、夏花绚烂的时节，一队人马趁浓浓的夜色，踏着街巷青石板上淡黄色的槐米，悄然进入了东营盘高大的门楼，在事先收拾好的平房里安营扎寨。这支百余人的队伍，就是从河北阜平县田子口村迁来的人民日报造纸厂的人员。为防止周边敌军袭击和敌特破坏，对外称阳泉市人民造纸厂。随后，根据生产需要，造纸厂又在阳泉招收了五六十名新工人，按照保密纪律，工人们只管干好自己分内的工作，不允许打探其他消息。

今年96岁的姚保善老人，曾在当时的造纸厂工作，见证了人民日报在阳泉市秘密造纸的火红历程。

老人的回忆，把我们带回到了纸浆翻滚的场景中……

那时的纸张都是手工制作，工人们把从各处收集起来的旧书、稻草、马莲草、纸箱、麻绳等材料切碎浸泡、蒸馏加工，然后在盛有水的碾槽里碾成泥，倒入水池和水缸里，搅拌成纸浆，再经过操纸漂捞、火墙烘干等工序，制作成一摞摞微黄的麻纸，然后秘密发往报社印刷厂。

除了加紧生产，造纸厂还要防备敌人空袭，厂区周围挖筑了防空壕，防空警报一响，大家赶紧跳进防空壕里躲避，等敌机飞走后再继续生产。

在阳泉广播电视台新近摄制播出的《城起·1947》专题片中还进一步披露，1948年10月，辽沈战役中的我东北野战军节节胜利。为牵制我军，国民党空军对石家庄、平山的轰炸空前频繁，华北傅作义部组织5个师的快速机动部队突袭石家庄，当时中央决定，华北局和华北人民政府机关及一部分职能机构进行战略转移。随后，人民日报社除留下一支精悍的编辑队伍继续留守河北平山县里庄村外，大部分人员乘火车转移到了山西阳泉。

在做好军事部署的同时，毛泽东以如椽之笔连续撰写了《蒋傅匪妄图突击石家庄 我军严阵以待决予歼灭》《华北各首长号召保石沿线人民 紧急动员一切力量 准备迎击匪军进扰》《蒋傅匪整个北方战线只有几个月就要完蛋 妄想偷袭石家庄究竟他们要不要北平》3篇新华社电讯稿，1948年10月25日—11月2日，《人民日报》头版搭台，一曲现代"空城计"精彩上演。

在解放军的有力回击下，傅作义南下兵团遭受重创。这3篇雄文让他完全明白了自己所处的窘境，只好下令退兵。这便是有名的"三篇雄文退五师"。石家庄险情消除后，人民日报社工作人员重返平山。人民日报造纸厂则继续着它的使命，直到1949年七八月份陆续迁往北平。

73年后的一天，当我在档案馆里见到那一摞摞当年的《人民日报》，轻轻抚摸着那些泛黄的麻纸时，感觉是那么的亲近，因为说不定其中的一些麻纸就来自那座高大门楼内的那排小平房，来自老区人民的双手。

麻纸在窗外照进来的光影中一张张翻过，每一次触碰，都能感觉到恍若久远时空传递而来的，槐荫凉意、火墙温度、纸浆味道……

（写于2021年10月）

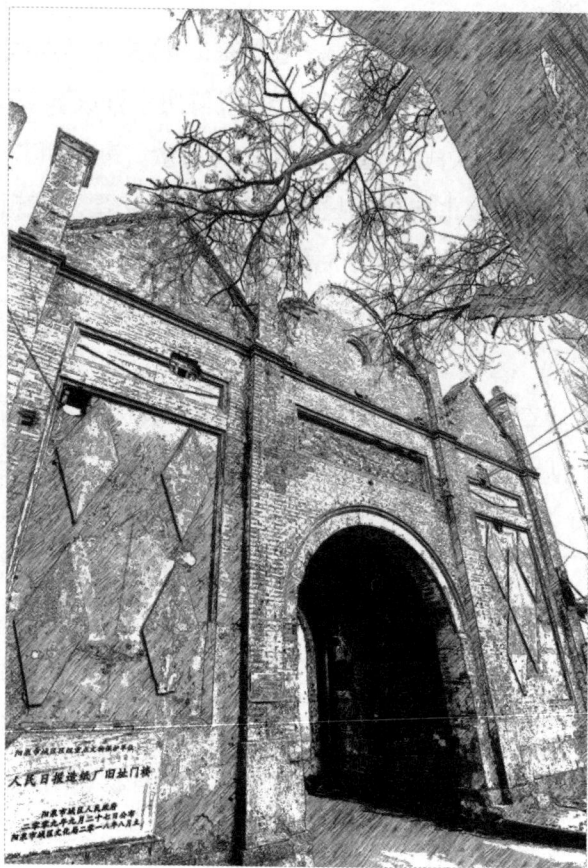

阳泉市东营盘　人民日报造纸厂旧址门楼

驼铃声声送春来

"七达栈，八达栈，柿树圪洞碗架板。驮队走在崖畔畔，铃儿甩下一串串。小后生，老汉汉，白明黑地来回赶。饿了吃口糠菜团，干了喝口透山泉。……"

这是一首叫作《西柏坡送炭》的民谣。在理家庄村的晋察冀革命历史纪念馆里，我看到这首歌的歌谱贴在展板上；在村外小煤窑旧址旁，我看到这首歌的歌词刻在石碑上。村里的石大爷告诉我，这首歌他不会唱，但歌里说的事他和村里的乡亲们都知道。

冬日的庙垴山，荒草萋萋，枯叶满地。一丛丛灌木只剩下光秃秃的枝丫，唯有那一棵棵松柏，在北方大地黄褐色的底版上涂抹着倔强的绿意。山崖下，是一座小煤窑的坑口。如今，七八丈深的竖井已经用钢筋网封闭。石大爷说，就是这口矿井吊上来的煤炭，曾经由人担驴驮翻山越岭，穿过平定县和盂县，送到百里外的河北平山县，温暖了73年前西柏坡的那个冬天。

据史料记载，1948年秋冬之交，解放战争进入关键时期，国民党军队经常对西柏坡周围根据地进行轰炸，后勤物资紧缺，煤窑大多数被封锁，中央机关连做饭取暖都十分困难。平定（路北）县委根据上级指示，及时召开会议研究解决为西柏坡送炭的问题。岔口乡理家庄村距离西柏坡比较近，而且又有小煤窑，因此县委决定由工会、农会、武委会出面动员群众，以理家庄为中心连同附近村成立一支后方运输队，组织人力和畜力往西柏坡送煤炭。乡亲们闻讯后，情绪十分高涨，纷纷报名参加。

今年70岁的石大爷那时还没出生，但长大后常常听大人们念叨起那段不寻常的经历。

冬日的太行山区格外寒冷，一支几百人的队伍在鸡鸣声中从理家庄动身，老人赶着牲口，后生挑着担子，一字排开，绵延五六里。他们穿过黎明前的黑暗，沐浴着初升的太阳，汗水滴在小道上，歌声回荡在山梁上。为防止敌特和坏分子的破坏，运输队统一口径，对外称到河北卖炭，返回路上还捎回了河北的柿子等农产品掩人耳目。

从理家庄装上炭，到平山洪子店卸下，那条弯弯的百里山路，崎岖坎坷，特别是柿树圪洞、七达栈、八达栈、碗架板等，一边是峭壁，一边是悬崖，半山腰的小道最宽处也不到2米，最窄处仅容一人通过，可谓羊肠九曲、斗折蛇行的险路。一位送炭村民就连人带牲口掉了下去，血染送炭路。

驼铃声声送春来，肩上磨出了血印印，脚上磨出了水泡泡，一头驴驮一百二三十斤炭，赶牲口的也不空着走，背着扛着挑着，两天往返一趟，饿了啃口菜干粮，渴了喝口透山水。就这样，凝结着太行山人民汗水与鲜血的煤炭，一担担、一筐筐、一驮驮送到洪子店，再转运到西柏坡，结束了党中央领导机关自延安以来靠枯树枝、干牛粪和木炭取暖、烧饭的历史。

担任过周恩来总理警卫员的魏玉秀老人回忆说，在西柏坡的一次政治局会议上，毛主席见中央其他领导同志被炭火烤得热乎乎的都脱了棉衣，便哈哈大笑地问道："你们为什么都脱掉了棉衣？"还没等其他领导开口，他就接着说："因为我们再不受冻了，踏脚烤牛粪火了，用牛粪火烤山药了。"逗得在场的十几个人哄堂大笑。周副主席告诉大家说："这是平定送来的宝，这种炭肥，火又大，没有烟，叫无烟煤。这是山西老大哥给我们送来的，我们不用再受陕北的冻了，这就叫雪中送炭，给我们救了急，我们大家都得感谢山西人民呢！"

70多年过去了，一代送炭人都已故去，当年的送炭路也已湮没在历史的变迁中。石大爷说，他年轻时还曾走过这条送炭路，挑着炭到河北卖，换回那时稀缺的白面。

我站在庙垴山上，沿着长长的山脊线向东瞭望。恍然间，从这个冬天穿越回那个冬天：屋外滴水成冰，一排排黄土墙砖房里却暖意融融，炉膛里炭火通红，烧水壶咕嘟咕嘟冒着热气，阳光透过木格窗棂上糊着的白麻纸，在标满红箭头、小红旗的巨幅地图上，投影下几个高大的身影……

窗外，飞雪消融，草木泛青，冬天即将过去，春天已不再遥远……

（写于2021年11月）

平定县岔口乡理家庄村　小煤窑遗址

跨过鸭绿江

走进一个人的回忆，是很难的。让一个人对陌生人敞开心扉，到底需要什么样的力量？

这个夏天的7月，整整一个月，我都在面对这样一个群体——抗美援朝老兵。我虔诚地走进他们的世界，静静地聆听他们的故事。眼前是从箱底翻出的一枚枚勋章，夺目耀眼，点点锈斑，穿越风尘，是沐浴过战火硝烟的烙痕。从纸袋里倒出的一张张相片，尘封在战火里的青春脸庞透过泛黄的相纸，扑面而来……

去张秀老兵家采访前，干休所的工作人员小单特意提醒我，战场上的事张老一般不说，连他的儿女也不知道！于是，那天，我特意穿了一件胸前绣着红五星和"八一"的军绿色T恤。

推开老楼那扇薄薄的木门，握手、凝视，简短寒暄。同事摆弄三脚架，选择光源背景准备采访，而张老的目光始终在我的胸前游离。我赶紧简单自我介绍自己也当过兵，向老首长致敬！军人的称呼，就像一个接上头的暗号、破译了的密码，瞬间让对面的张老眼中泛起亮光，这件军绿色T恤上绣着的红五星、"八一"，不出所料地成为打开老兵心扉的神秘按钮……

我庆幸，他欣喜，我们的青春，都有穿军装的样子。

我静静地听着张老的诉说，"雄赳赳，气昂昂，跨过鸭绿江，部队只发了单衣单鞋"，真的就像纪录片中展现的那样。"为了隐蔽，白天在山上树林里休息，晚上行军"，这让我想起了《金刚川》里的镜头。"朝鲜的天真冷啊，没有手套棉鞋，手和脚都冻烂了，脚指甲一开始是发黑，最后都冻掉了"，我的眼前，满是《长津湖》的雪。"粮食供应不上，每天吃的都是炒面，就是把部队发的玉茭粒炒一炒，然后用手工磨一下，装到米袋里，可以吃六七天。"一把炒面一把雪，上学时课本里《谁是最可爱的人》就是这样描写的！"渴得不行，路边的沟里就有水，但是不能停下来喝，一直跑步前进，没办法，就舔舔被汗水浸湿的衣服润润喉咙"，我的眼前浮现出《跨过鸭绿江》里113师7小时奔袭140多里穿插三所里的场景……

"天上飞着美军飞机，不敢住民房，最多就是和老百姓要点稻草，白天防空袭的时候盖住自己。整个冬天没有洗过澡、换过衣服，身上的虱子成堆。有一次行军中休息，在一个老百姓家里，把衣服脱下来烤一烤、抖一抖，虱子跳蚤就噼里啪啦往火里掉，烤干再穿到身上，因为就那么一身衣服……

"横城阻击战中，部队减员80%，出发的时候全团1000多人，回来的时候只剩下不到300人，惨烈啊！……"

就在我们结束采访，忙着翻拍张老当年抗美援朝的黑白照片时，转身发现张老不见了。撩开竹制的门帘，老旧的筒子楼过道里，张老静静地坐在椅子上，眼神迷茫地望着院子里那棵高大的槐树。他女儿说，父亲经常这样发呆。也许，他的脑海里、心灵深处，依然奔涌着激情燃烧的日子，在岁月的长河里已趋于平静，如同夏日上午婆娑的树影、轻轻的蝉鸣，波澜不惊……

年事已高的徐义老兵，已经无法与我们进行正常的语言交流。他的儿子告诉我们，记得父亲讲过，一次冒着枪林弹雨去连队送信，一颗炮弹就在不远处爆炸，小腿被弹片击中受伤，弹片穿过帽子，差一点就打在脑门上。

凝视着照片上自己和战友们年轻英俊的脸庞，抚摸着已经褪色生锈的奖章，徐老泪湿眼眶，哽咽得说不出话来……老人无法向我们讲述那惨烈的战斗场景，但我相信，那一枚枚军功章一定在默默地为老兵铭记着那段热血青春。

患有认知功能障碍的刘鸿章老兵一见面就紧紧地拉住我的手，指着我胸前的红五星和"八一"笑！就是这位曾经在抗美援朝战场上负责给阵地、武器消毒的防化兵，如今连自己有几个儿女都会说错的老人，却清楚地记得自己的部队番号！

也许，在他的脑海里，前尘往事都已化作云烟，只有抗美援朝的那段经历铭刻在心，永不飘散……

"好多战友没回来，我没有……"刘老指了指自己的脑门。旁边的女儿为我们解释道："老人是说，自己没有牺牲。"

我们告别离开时，刘老忽然挥舞起拳头，口齿不太清地唱了起来："雄赳赳，气昂昂，跨过鸭绿江。保和平，卫祖国，就是保家乡……"

歌未唱完，已失声痛哭。

（写于2022年10月）

阳泉市狮脑山　奋起的母亲雕塑

革命家庭

在追寻这座小城红色印记的每一天里，我都在被一些东西感动着。

感动于那一个个烽火硝烟里的孤勇者，他们为了自由挺起胸膛行走暗巷，为了信仰坚贞不屈对峙绝望，为了胜利奋不顾身怒吼堵枪，他们是站在光焰里的英雄。

同时，我也被几个抗战家庭不计得失的奉献精神、并肩前行的革命信仰和血脉传承的家国情怀深深感动，心底的那份柔软总是在不经意间触碰的一瞬间，悄然涌起。

黄涛（黄宏基）家的故事，要从一套书——《星火燎原》说起。这是一套由毛泽东题写书名，朱德作序，无数革命前辈用鲜血和生命写就的红色经典。中小学课本里，《朱德的扁担》《一袋干粮》《记一辆纺车》等36篇作品就选自这套书，但是鲜为人知的是，主持编辑《星火燎原》这套书的人是从抗日战火中走来的平定籍老战士黄涛。

慕名来到平定县下马郡头村的红色记忆展馆里，正当我感动于黄涛主动放弃下总政宣传部宣传处处长的职位，倾尽全力投入《星火燎原》的编辑工作，默默无闻一干就是26年，直至生命最后一刻时，身旁村委会刘主任的一句话让我打了个激灵："黄家先后11个人当兵，牺牲了5个……"

原来，1937年10月，日军侵占平定，位于县城黄家巷的老宅院被强占，成了日军20师团的司令部。黄涛的母亲尚恩荣带领全家老小18口人逃到下马郡头村亲戚家避难。

当时在太原上中学的黄涛作为大哥，带头参加了八路军。在他的影响下，母亲先后把家里的10个青少年送到八路军部队，奔赴抗敌前线。黄涛的姑姑黄静英，弟弟黄绵基和弟媳曹佩英，妹妹黄云生、黄林生血洒疆场……

刘鸿达家的故事，刻在一块牌匾上。在辛庄村一处青砖灰瓦的宅院门楼上，"革命家庭"的红底金字牌匾格外醒目。

1937年，毕业于太原省立国民师范，正在荫营高小任教的刘鸿达，与同校进步教师窦春芳在传播新思想、新文化中相识，共同的信仰和事业让两颗年轻的心靠得更近了，结成革命伉俪。日军攻克平定城后，学校被迫停课，夫妻俩一同参加了八路军战地工作团。刘鸿达先后任平定（路北）县和盂县抗日政府首任县长，窦春芳也辗转3个县，战斗在妇女抗日救国一线。在他们的影响下，大儿子刘益文，侄儿徐广先（刘保文）、刘明文、刘秀文等先后投身革命。

张英家的故事，缘于一次聚会。因为都当过兵的缘故，张继平手机相册里的一张照片深深地吸引了我：爷爷胸前挂满勋章，儿子和孙子分别戴着一枚三等功奖章……

1942年，抗日烽火燃遍太行，平定县九区白城村16岁的张英告别15岁的新婚妻子董瑞英，成为八路军129师385旅14

团的一名战士。董瑞英随后也参加了革命，当上了区妇救会主任，一个在前方，一个在后方。

"烽火连三月，家书抵万金。"然而，张英4年也没有给家里写过一封信。尽管村里人说"3年不通信，就能登报离婚"，但董瑞英始终坚信丈夫能平安归来，一边工作一边操持家务侍奉公婆。

1954年，从鏖战太行，到挺进大别山；从淮海、渡江战役，再到进军大西南剿匪、抗美援朝出国作战，张英一路征战，九死一生，带着一道道伤疤和8枚勋章转业回到了家乡。

襄垣五羊岭战斗留在腿上的伤疤还隐隐作痛，大别山王家店旅部遭袭200多战友牺牲的场景还历历在目，朝鲜战场指挥所被敌机炸成大坑的惨烈还惊魂未定……都说经历过血火战场的人，最不愿意再让后代吃苦流血，但当祖国需要的时候，张英毅然把在市医院工作的儿子张继平送到部队。1998年，张英又积极鼓励孙子张宇参军入伍。

张继平参军第二年就戴上了三等功奖章。巧的是，如今已是中校军官的张宇，2018年也荣立三等功。两张相距整整40年的立功喜报，虽然一张泛了黄，一张还崭新，但荣誉背后浸透着同样的汗水，挥洒着同样的青春！

每一个家庭的命运，总是与时代密不可分。

兄妹一齐上阵，夫妻并肩革命，祖孙三代从军。尽管3个家庭境况不一，但在国家和民族大义面前，却都义无反顾地做出了同样的选择……

（写于2022年11月）

阳泉市荫营镇辛庄村　刘鸿达故居

父亲的战场

史建国一直在寥寥几行文字的背后寻觅父亲的战场。

在他童年的记忆里,父亲史云龙一直是配枪干部,一有时间,父亲就在桌子上铺好白布,仔细擦拭着那个铁家伙。史建国自然不会有把玩的机会,最多挎上那磨得油亮的棕色皮枪套,在小伙伴面前神气一番。

长大后的史建国经常纳闷,父亲一直在变压器厂工作,怎么会有枪呢?每每问起,父亲总是含笑不语。1984年父亲去世,这个秘密依然没有解开。这时候史建国突然发现,随着父亲的离去,那把枪和父亲经常拿出来看的一个记事本也消失了。

作为知青插队回乡的史建国,由于工作繁忙,就把这件事放下了。直到他退休后,解开疑问的念头重新冒了出来。按照父亲履历表上曾任过平定(路北)县四区区长、贸易局局长的记载,他踏上了寻访之路。

一路追寻,我们来到辛庄村。在担任贸易局局长之前,史云龙曾任平定(路北)县四区区长,区公所就设在这个村。在村里的红色展室里，史建国看到了父亲的名字，也仿佛看到了过去父亲带领老区群众在极其恶劣的环境下，积极发展生产，想方设法多种粮食，支援革命的身影。

歌曲《太行之恋》唱道："太行山的路，到底多厚多绵长，山顶上、山谷里，一粒粒米送做军粮……"

一路追寻，我们来到麦家岩村。史建国从父亲档案里的履历表上看到，1943—1944年，父亲任职的平定县抗日贸易局，就曾经在这个小村庄驻扎。91岁的郭改林大娘耳不聋眼不花，一听说贸易局，张口就应："有啊，就在下坡那家院儿，我嫁过来的时候贸易局刚搬走，大家伙儿都知道在那个院。"虽然久未有人居住，大门紧闭，但从杂草丛生的房顶上望去，石砌的院子依旧保持着当年的模样。

在这里，没有留下任何父亲的痕迹，望着那荒草萋萋中父亲曾经战斗过的窑洞，史建国湿润了眼眶……

一路追寻，我们来到山底村。在一篇网络文章中，史建国偶然发现一个信息——山底村兴隆号隶属于晋察冀边区平定（路北）县贸易局！这不是和父亲档案里1944—1945年任贸易局兴隆号商店经理相吻合吗？巧的是，接待我们的高志林，正是这篇网文的发布者！原来，村西头的玉皇庙，曾是兴隆号的秘密基地，贸易局的人员为晋察冀边区洪子店总店天德店下设的分店之一，以庙宇为掩护开展工作，主要任务是组织物资供应边区抗战。贸易局的人员经常来往于河北平山洪子店村与山底村之间，把本地煤炭、铁货运往天德店，再换回土布、棉花、食油、食盐等物资。1944年2月的一个凌晨，由于一把来自异乡的铁钎不慎落入敌手，日军顺藤摸瓜突然包围了玉皇庙，搜查出部分物资和一支步枪，贸易局4名干部不幸被捕，其中3人惨遭枪杀。

据《平定革命老区概览》记载，1942年，平定（路北）抗日政府设立贸易局，管理晋察冀边区五专属贸易局在平定交通要道上所设的吊沟、东垴两个关卡，经办兴隆号商店，从事采购运销，经理史云龙……他们经过艰辛的工作，为根据地军民解决了生活上的困难，极大地调动了根据地人民的抗日积极性。

史建国庆幸父亲没有在敌人的突袭中遇难，同时也能感受到父亲失去战友的痛……

后来，史云龙又任平山天德店业务部部长、阳泉宝兴亨副经理。中华人民共和国成立后，奉调前往天津、北京、石家庄、保定等地工作，为国家的经济建设殚精竭虑，操劳半生。

父亲为革命战斗一生的脉络大致清晰了，可配枪的疑问却始终未解开。直到我们见到一位革命史研究学者，枪的谜题才得以揭晓：战争年代，为防不测，县团级以上干部都配有手枪。中华人民共和国成立后，许多老干部的配枪都被本人留作纪念，直到20世纪六七十年代才陆续被要求上缴。

踏着父亲的足迹一路走来，史建国有很多遗憾，但也收获了很多：父亲虽然带走了太多烽火硝烟里的秘密，但他走过的地方，终究会铭记他的红色足迹！父亲的枪，虽然没有打响在抗战的前沿阵地，却也陪着父亲战斗在敌后根据地。那里，同样有流血牺牲，同样是生死战场！

（写于2022年7月）

平定县巨城镇315省道大麦峪村口　抗战主题雕塑

药香氤氲满山林

踏着满地零落的黄叶，穿过南后峪村窄窄的巷道，我们一行驱车上山，只为探访药岭山上的一处红色旧址——八路军利华制药厂。

盘山小路像一条玉带蜿蜒在山林间，虽然窄得只能容一车通过，但好在新铺了沥青路面。阳光从针叶林与阔叶林交错的空间洒下来，斑驳的光影透进车窗。一丛丛黄栌、刺梅闪过，林木清新的味道沁漫身心。正当我们陶醉在山中美景时，一道蓝色的挡板阻挡住了我们前行的路，一则疫情防控封路的告示让我们的探访之旅戛然而止。

虽然朋友打了好几个咨询电话，但终是无法如愿参观，只好作罢，心怀遗憾返回。幸好十几年前我曾经到访过药岭山，探寻过这段红色历史，还写了一篇随笔发表在2007年6月19日的《战友报》上。那一年，《战友报》开设了《华北革命遗址巡礼》专栏，我写的那篇小稿有幸作为开栏首篇，加按语编发。

我把手机里当年的那篇文字发给大家，思绪也被拉回到了那年那月的药岭山。

1939年春，为打破日军对抗日根据地的紧急封锁，解决部队药品供应紧张的困难，八路军前总决定自己动手生产药品。前总卫生部制药所与129师卫生部制药厂合并组建利华制药厂。几经辗转，药厂由左权县迁至平定县药岭山。

为躲避敌机的追踪，战士们把制药器材转移进了位置偏僻、树木茂密的深山里，以山腰处的清凉古寺为掩护，对寺庙后院进行改造扩建。在革命根据地干部群众的大力支持下，很短时间就建成了制药车间、化验室、库房。大家因陋就简，自制器具，土法上马，利用药岭山上丰富的中草药熬制中成药，供应前线部队急需。工人们还在山下村庄建起了玻璃作坊，秘密生产玻璃针剂安瓿瓶。

云罩雾锁的药岭山百草繁茂、药材遍地，香火缭绕的药林寺佛龛灯影、幽深静谧。借助天然屏障和大自然的馈赠，无数个日日夜夜，大家采药、烘焙、研磨、熬制，白天挥汗如雨，晚上挑灯夜战，缕缕药香在山林间久久飘荡……

经过反复试验，柴胡注射液首先试验成功，能有效治愈感冒、疟疾等疾病，使非战斗减员大大减少。在缺医少药的恶劣环境下，这支小小的针剂不仅给前线将士送去了福音，而且在太行山区引起强烈反响，《新华日报》（太行版）以《医学界的新贡献——利华制药厂发明注射液》为题做了报道，盛赞利华制药厂官兵、职工在敌人重重封锁下的重大创举。从药岭山生产出的一批批药品，由骡马组成的驮运队源源不断地运往前方部队和解放区医院，为抗战胜利做出了重大贡献。

1948年，解放战争已进入第三个年头，许多城市相继解放，形势发生了有利于我军的新变化。为了更好地支援解放战争，利华制药厂改名为利华化学大药厂，迁往河北武安县。药林寺内的药厂改为汉药提炼厂，生产盐酸麻黄素、精制氯化钙等产品。1949年3月，华北人民政府企业部决定，利华化学大药厂及汉药提炼厂迁往北平，后更名为北京制药厂。在此后的岁月里，这个诞生于烽火硝烟、成长于太行山革命根据地的药厂，逐渐发展演变为有着"中国降压药品第一品牌"美誉的大型制药集团——双鹤药业。

为了纪念这段红色历史，平定县委、县政府拨专款修缮了当年的车间厂房，改建了陈列馆。那年，我曾走进雕刻着五角星的青砖门洞。陈列馆里，一张张泛黄的图片，一件件锈迹斑斑的制药器具，还有乡亲们搬来的石磨、石碾、石臼，让人眼前顿时浮现出当年热火朝天的生产场景。

无论走得多远，都不能忘记走过的路。我想，作为一家股份制上市企业，在双鹤药业的荣誉馆里，一定也珍藏着这些见证初心使命的记忆；在企业发展前行的步履中，肯定会经常驻足，回望这段不平凡的红色历程。

下山的路，阳光扑面，心中好像多了一份自豪和荣光，空气中仿佛也弥漫着一种味道，那是氤氲在山林间中药的味道……

（写于2021年11月）

平定县张庄镇南后峪村　八路军药岭山利华制药厂陈列馆

那一面面坩埚墙

尽管儿时经常从这一面面特别的墙下跑过，但我的目光从未像今天这般长久地在它身上驻留。

这不是北方常见的石墙、土墙或者砖墙，垒筑它的，是一种炼铁后的模具残余物质，乡人称之为坩埚。

铁锈般的碗状坩埚，一层一层整齐排列，被白灰、黄土、沙粒合成的泥浆牢牢地凝固在一起，或为街巷，或为院墙，或为围挡。刚刚经历一场新雨的冲刷，整个墙体呈紫红色，加之凹凸不平的表面，更显沧桑。

走过一面面坩埚墙，周末的一个午后，我和李秀利老师来到市郊三都村的一个农家小院，专程拜会研究三晋炼铁历史的学者史英豪。史先生历经数年精心拍摄制作的纪录片《太行铁》杀青了，在他的邀请下，我们有幸先睹为快。

由于曾经军旅的缘故，片中有关为八路军前线秘密制造手榴弹壳的地下兵工厂，让我眼前一亮。

在小院的凉亭里，史先生打开话匣子，一段鲜为人知的红色历史展现开来……

1938年，晋察冀边区在盂县上社镇成立了抗日救国会，救国会的一项重要任务就是为抗战前线组织生产武器。当时三都村及周边村子，是有名的"铁器之乡"，有千余年的民间炼铁史，家家户户都有坩埚炼铁的手艺。于是，我党地下工作者秘密来到三都村，把铁匠组织起来，白天制作犁、铧、锹、镐等农具和铁锅、炉子等生活用具，晚上则用坩埚秘密炼铁，为前线制造手榴弹壳和炮弹壳，再运送到兵工厂组装。为躲避日军清查，对外以铁业社为掩护，其实每个铁匠铺都是一个小型兵工厂。抗战期间，铁业社制造的手榴弹壳、炮弹壳，给八路军兵工厂提供了源源不断的供给，有力地支援了前线。

"刚才你们进来时路边的那面墙，上面紫红色的坨坨就是土坩埚，每炼完一坩埚铁，模具就作废了，堆得山一样高，老百姓就用它来垒墙。"史英豪清楚地记得，父亲曾经给他讲过秘密运送手榴弹的经历："父亲当时是我地下党铁业社的会计，村里的'兵工厂'每生产出一部分手榴弹壳，都由父亲带着10来个青壮年挑着担，在夜幕的掩护下送到20里外的韩庄村抗日物资转运站。1945年5月的一个深夜，当运送队来到温河边时，发现河对岸站满了日军。父亲和大伙儿借着哗哗的流水声，在冰凉的河水中潜伏了一夜，等日军撤离后才把手榴弹壳安全送到转运站。放下担子的那一刻，父亲一头栽倒在地，昏迷了很长时间才醒过来。"

原来，小时候司空见惯的坩埚墙，背后竟然隐藏着这么一段惊心动魄的红色往事！

"小刘，你当过兵，你知道《大刀进行曲》那首歌吧，歌词里面写的大刀就是咱阳泉炼的铁锻造的！"不等史先生讲完，李老师的一句插话顿时吊足了我的胃口。

军旅数十载，对这首歌真的太熟悉了。曾经军校合唱比赛，我所在区队的参赛歌曲就是《大刀进行曲》。尽管20多年过去了，那慷慨激昂的歌词，依然可以迅速激活我身上所有的奋进细胞。

李老师告诉我，这首歌是为歌颂在长城上用大刀砍杀日军的国民革命军第29军大刀队而创作的抗日救亡歌曲。当年29军驻扎阳泉，因枪支配备不足，便利用当地铁器资源，定制了长柄宽刃的镔铁大刀配发给部队。后来，29军在喜峰口与日军展开白刃战，用镔铁大刀杀得日军横尸遍野，大刀队的事迹传遍中国。作曲家麦新一气呵成，创作了《大刀进行曲》，这首歌便迅速唱响了大江南北。

天色渐晚，走出农家小院，金色的余晖洒在那一面面坩埚墙上，紫红色的坩埚在光影里愈加厚重。

岁月静好，大道沧桑。回望那不曾远去的峥嵘岁月，我仿佛看到，从一个个土坩埚里冶炼出的火红铁水，铸造成了能够炸裂成47块弹片的高效能手榴弹，锻造成了刀刃锋利的劈杀利器镔铁大刀。千年太行铁，走出铁匠铺，走向烽火硝烟的战场。我仿佛看到，那弹落之处、刀锋所至，是成片倒下的侵略者。

弹道无痕，坩埚无声。那一面面坩埚墙，以静默的姿容，向后人展示着火红的历史和燃烧的曾经……

（写于2021年7月）

阳泉市荫营镇三都村　坩埚墙

歌满太行

"别看我们年纪小，我们是晋察冀的好儿童，新生活把我们锻炼成钢……"

这首创作于抗战时期的歌曲《晋察冀好儿童》，是晋察冀边区军民联欢会的必唱曲目。

从荫营镇桥上村走出来的老八路史昭清回忆，1937年七八月间，村里来了八路军战地工作团，还带来一个小剧团，白天宣传抗日，晚上演戏，唱《义勇军进行曲》《五月的鲜花》，很受群众欢迎。特别是剧团里的东北流亡学生流着泪演唱《松花江上》，唱到动情处，台上台下痛哭失声。正是唱着这些歌曲，进步青年史昭清积极参加了荫营抗日义勇军，加入中国共产党，参军上前线，走上了革命道路。

80多年过去，那些歌声，依旧回荡在我的红色之旅中，回荡在每一次行走红色热土、寻访红色故事的过程中，当年的亲历者和后人总是能绘声绘色地讲起那激情澎湃的时刻，情不自禁地哼唱起那时的歌曲，仿佛那些歌声就在心底，不曾远离……

歌声响彻河山。1938年12月底，一支队伍来到滹沱河畔的盂县梁家寨，分散到沿河几个村驻扎下来。这是八路军120师挺进冀中的部队，在梁家寨做短暂休整。元旦那天，师宣传队和当地抗日政府在滹沱河边搭起的简易戏台上，举行了盛大的军民联欢会，部队表演了刺枪舞，演出了活报剧，演唱了抗日歌曲，当地群众也表演了民歌小调和抗日剧目。

尽管日军袭扰下的节日少了往日的祥和喜庆，但那一天，乐曲萦绕在洋马山上，歌声随着滹沱河流淌。我相信，那一夜，滹沱河里尚未冻实的冰凌，一定经不起奔涌的春潮，分崩离析，悄然融化……

八路军开进到哪里，抗日的歌声就唱到哪里。

歌声响彻山乡。1938—1940年，盂县抗日政府陆续创建了抗敌剧社、新生剧社，集中编排了《血衣》《松花江上》等宣传抗日救亡的小歌剧。联合晋察冀军区的七月剧社、火线剧社，冒着敌人的"扫荡"，走上街头，走进村庄，上演了《算账》《炸敌人》《送子参军》《运军粮》《伪军投诚》等自编自演的节目，演唱了《大刀进行曲》《黄河大合唱》《红缨枪》《军队和老百姓》等抗日歌曲，极大地唤醒了民众的觉悟，鼓舞了抗日军民坚持斗争的信心。

1943年，在抗日歌声激荡的老区土地上，经常能看到一个身穿粗布衣、脚踏黑布鞋的汉子踏歌而行，他就是主动要求从晋察冀边区来盂平县委任宣传部部长的著名抗战诗人田间。几年前，他就从抗日军民火热的战斗生活中寻找灵感，创作了大量反映敌后根据地抗日斗争的诗歌，《给战斗者》《假使我们不去打仗》等传遍全国，被闻一多称为"擂鼓诗人""时代的鼓手"。

著名作家孙犁在一篇回忆文章里这样写道："田间的足迹，留在晋察冀艰难的山路上。他的诗，也留在晋察冀的各个村落和山头上。他那遍布山野村庄，像子弹一样呼啸的诗，不会沉寂。"

歌声回荡在校园。"什么艰呀苦，我们不怕；什么困呀难，我们向它斗。团结友爱有力量，互助学习进步快。又学习又生产，噢！意志高尚，平东抗高青年，不要骄傲，努力再向前！"这是流传于抗日根据地的平（定）东抗日高小校歌。

在平（定）东抗日根据地纪念馆里，我久久驻足，一张泛黄缺损的纸片上，几行歌词赫然醒目。久远的时光长河虽然湮灭了曾经的乐谱，但凝视着校歌旁那枚由拳头、翅膀、书本、镰刀和步枪组成的校徽，我仿佛能够感受到当年歌声的铿锵，以及歌声带来的力量！

歌声回响在战场。在百团大战主战场，一首《八路军占了狮脑山》唱响云霄："七月里来百团战，八路军占了狮脑山。进在二矿扛白面，鬼子他就干瞪眼。八路军占了狮脑山，为的是解放咱阳泉站。咱们团结齐抗战，眼看鬼子就完蛋！"在欢庆平定城解放的队伍里，民间艺人编唱的小调在街头巷尾传唱："五月二号太阳红，八路军解放了平定城……"

歌满太行。歌声里，太行山的热血青年告别亲人走上战场；歌声里，战士们冲出战壕与日军殊死较量；歌声里，支前民众把最好的食物当作军粮；歌声里，军民同仇敌忾筑起抗战的铁壁铜墙！

（写于2022年10月）

阳泉市狮脑山　百团大战纪念馆

亮　剑

一座古庙见证胸怀清朗

一路黄花簇拥胜利捷报

一地泥泞不灭如火豪情

一段战壕凿刻硝烟血火

一份报纸永载虎啸雄风

一排弹孔穿透历史烟云

一句箴言印证侠肝义胆

一块牌匾赞誉英雄荣耀

一村民众凝聚磅礴力量

一脉青山筑起坚固屏障

一街喧嚣暗藏波谲云诡

一阙关城重重硝烟弥漫

一片树林回响军号声声

平定县嘉山　平定县烈士纪念馆

古松的见证

斗拱飞檐，雕梁画栋，木格垂花，青砖黛瓦。

马齿岩寺，静静地沐浴着温暖的阳光。让游人惊奇的，不是殿内的神像、殿外的石碑，而是大殿前分列东西的那两棵古松。6米多高的树干不约而同地向后仰着生长，硕大的树冠如同两把大伞，为大雄宝殿遮风挡雨，留得清凉。同行的记者朋友说，这两棵古松被称作"元帅松"和"将军松"。

就是这座晨钟暮鼓、香火缭绕的千年古刹，却在不经意间见证了抗战时期一段"将领主动担责做检讨，主席严厉批评正骄风"的佳话。

1937年10月19日，八路军129师师长刘伯承、386旅旅长陈赓率部挺进晋东，师部就设在平定县马山村的马齿岩寺。为了迅速开展敌后游击战，阻击日军西进，刘伯承师长在这里组织召开了师部和386旅营以上干部会议，研究部署了在石门关一线的歼敌计划。

随后陈赓旅长命771团开进至30里外的石门关前沿，连夜抢修防空工事，伪装隐蔽。22日早，日军进至石门关下，我军居高临下以机枪、步枪、手榴弹组成的交叉火力网突然开火，打退了敌人的一次次进攻，打到太阳落山前，日军狼狈撤退。不料，当夜，不甘心失败的日军派出一支步兵联队和200多名骑兵，在汉奸的带领下秘密迂回摸进了八路军七亘村驻地。由于771团与日军激战一天小胜，加上构筑工事劳累疲惫，放松了警戒，直到敌人枪响后才仓促应战。最后，在乡亲们的带领下借夜色、山地的掩护才分散突围出去。

对771团在七亘村遭敌偷袭事件，刘伯承师长安抚了部下，并主动承担了责任。随后，他向中央军委副主席周恩来写了检讨报告。毛主席在看到报告后，于25日亲笔电示八路军总部和各师，小胜利之后，必用骄气轻视敌人，以为自己了不得。771团七亘村受袭击是这种胜利冲昏头脑的结果。你们宜发通令于全军，一直传达到连队战士，说明对日本帝国主义的战争是一个艰苦奋斗的长过程。凡那自称天下第一、淫气洋洋、目无余子的干部，须予以深切的话，请告诉他们，必须把勇气精神和谨慎精神联系起来，反对军队中的片面观点与机械主义。

毛主席严厉而诚恳的剖析批评和刘伯承师长勇于担责、检讨自我的行为，在八路军东渡黄河开赴太行山，并接连取得平型关大捷、夜袭阳明堡等辉煌战绩之际，对于警示全军及时纠正骄气，勇敢谨慎迎敌起到了至关重要的作用。也正是源于我军上下严肃的党内政治生活、勇于开展批评与自我批评的优良传统，以及及时有效的警示教育，129师386旅772团在26日、28日，连续两次在七亘村伏击日军，创造了重叠设伏的传奇战例。

漫步马山村的街头，一块"红军街"的牌子吸引了我的目光，路过的老人告诉我，当年八路军在马山村驻扎期间，对村民秋毫无犯，开会在庙里，训练在山上，宿营在街头，战士们还经常帮老百姓干活。后来，村里把八路军宿营过的老街取名红军街，让下一代记住这段红色历史。

在村中抗战文化广场的八路军马山军事会议纪念墙前，一位村民说，纪念墙上的浮雕长19.37米，是寓意1937年抗战全面开始，八路军来到马山；高3.86米，是纪念当年386旅在村中驻扎。

马齿岩寺对面的剧场，是一座农村庙会的舞台，高高的门楣上，一颗红五星在蓝天的映衬下愈发鲜亮；两侧是一副对联——"春风吹山川，光明照中华"。

我忽然想到，无论是马齿岩寺前那两棵被称为"元帅松"和"将军松"的古树，还是被命名为红军街的古街，抑或刻意赋予抗战纪念墙的高度和长度，还有眼前的这颗红星、这副对联，都是太行山老区人民对人民子弟兵深厚情感的最淳朴表达。

身经百战的刘伯承元帅也时刻挂念着这个太行山深处的小村庄。20世纪70年代，刘伯承元帅还致信当时的马山人民公社，专门问起马齿岩寺前的那两棵古松，并嘱咐保护好，作为历史的见证。我想，萦绕在刘伯承元帅脑海里的，不仅有那棵松，还有那座庙、那次会议、那场战斗，以及在小村庄里度过的那段烽火岁月……

（写于2021年11月）

平定县东回镇马山村　马齿岩寺

战地黄花分外香

　　整整84个春秋后，同样在这样一个秋日，还是当年那场战斗打响的时刻，我站在七亘村峰台垴下的西口悬关，小山村尽收眼底。掰完棒子的玉米地，枯黄的秸秆还在风中沙沙作响；柿子树的叶子已经落尽，颗颗金黄的柿子如同挂在干枝上的小灯笼，满树繁华。更远处，明长城横亘在村边的山崖，蜿蜒在晋冀两省的交界处，世世代代守护着小山村的安宁。

　　然而，就在84年前的此刻，一阵密集的枪炮声打破了山村的宁静。谁也不会想到，那场战斗，会在若干年后连同这个小村庄一起，铭刻在共和国波澜壮阔的红色史册上。

　　脚下这条山腰上开出来的羊肠小道，还保持着当年的模样。霜降后的深秋，淡黄色的野菊花开满山路两旁。就是在这条勉强能够两人并行，时不时还会被道边的圪针枝挂住衣服的小道上，曾经有一支日军的辎重部队，连续两次被八路军伏击，成就了我军声名远扬的七亘大捷。

　　1937年10月下旬，日军由于久攻娘子关消耗巨大，其正太铁路的正面补给线又屡遭我军袭击，辎重无法供应前线。为解娘子关之急，日军由河北井陉县测鱼镇经晋东咽喉山西平定县七亘村，开辟了一条迂回往平定城运送物资的补给线。奉命赶到晋东增援的八路军129师刘伯承师长获得这一情报后，立即带领386旅旅长陈赓，前往七亘村附近勘察地形。

策马野菊花盛开的高岭山上，放眼望去，从东口古寨到西口悬关，一条古道穿村而过，两侧是高高的峰台垴、深深的石峡沟，一个伏击计划在刘伯承师长脑海中迅速形成。

26日9时许，日军驮运辎重粮草的骡马队进入七亘村东口古寨，也缓缓进入我军的伏击圈。就在日军认为万无一失地将要通过七亘村时，埋伏在东西两处山崖上的772团3营战士，同时把石块、手榴弹砸向日军。一时间，受惊的骡马在狭窄的山道上横冲直撞，相互踩踏着掉下悬崖。此一战，共毙敌300余人，缴获骡马300多匹及大批军用物资，我军仅伤亡10余人。

胜仗之后，更是考验指挥员智慧的时刻。刘伯承师长断定，日军虽遭重创，但肯定认为八路军打一枪换一个地方，早不知哪里游击去了。况且，运送物资任务紧迫，除了这条路，日军别无选择。

"再打他一次伏击！"熟稔"水无常形，兵无常法"的刘伯承师长做出一个出奇大胆的决定。

果然不出刘伯承师长所料，28日11时许，测鱼镇的日军押送着一批辎重，再次沿着老路进入七亘村。日军有了上次的教训，先头部队刚进七亘村，就开始向四周放枪、扔手榴弹，试探有无埋伏。可不管日军怎么扫射，战士们就是坚决不出声、不露头。狡猾的日军故意把队伍拉得很长，我军一个营的兵力，根本无法形成有效包围。772团副团长王近山随即向陈赓旅长报告请求支援，然而援军还未赶到，敌人就快出伏击圈了。王近山当机立断，一声令下，对日军发起进攻。这次日军有了防备，枪声一响，立马集中兵力，在重火力掩护下，突破了我军的伏击圈。这一次伏击，虽然没能全歼日军，但也击毙了100多名日军，缴获了几十匹骡马辎重。

3天之内，连续2次以同一支部队在同一个地点，伏击同一股敌人！也正源于此，七亘大捷因其重叠设伏的神奇用兵，被列为世界十大经典战术之一，成为各国军校教学的经典战例。

在村委会办公室，董桃红副书记向我展示了一幅当年日军画报的影印件。画面里，一支日军部队驱赶着骡马，驮着武器装备行进在太行山古道上，随军记者拍下了这支日军进入古寨关隘的镜头。他们绝对没有想到，当这幅题为《突破天险》的照片还在寄往日本途中的时候，照片上的这支日军辎重部队就已经被八路军伏击而惨遭覆灭。

太行秋高马蹄疾，刘伯承师长带着他的队伍，浩浩荡荡奔赴下一个烽火战场，而留在七亘的，是一段硝烟带不走的铁血辉煌。

登上东口古寨城头，古长城隘口下，当年日军的来犯之路，已经被一条新修的太行山旅游公路代替。路边的野菊花，在秋天的山野上竞相盛放，分外芳香……

（写于2021年10月）

平定县东回镇七亘村　七亘大捷发生地

雨一直下

那场雨，淅淅沥沥，绵延不绝。

雨中那场鏖战，打了7天。

不知道多少次，我的目光总是穿越山城的高楼、街道、河水、树冠，望向那高峰之上；不知道多少次，我的脚步总是穿行在纪念广场，流连在展馆之间，驻留在英烈墙前。

又是一场秋霜至，绿树、黄栌、红叶，点缀成漫山斑斓，涂抹出层林尽染。沐浴着秋雨后的晨曦，形似一把刺刀的纪念碑穿破云雾直插苍穹，锋利的刀尖镀上一层金色的朝晖。

这座山，是狮脑山，阳泉市的制高点；这座碑，是百团大战纪念碑，为那场大战而立。

整整80年了，天上的那场雨，地上的那场仗，从来没有被忘记，永远刻印在阳泉人的记忆里……

1940年，为了打破日军对华北抗日根据地实行的铁路为柱、公路为链、碉堡为锁的"囚笼"政策，在八路军总司令朱德、副总司令彭德怀的指挥下，先后105个团近20万人，以正太铁路为重点，向日军堡垒密布的2500公里交通干线发起破袭战，史称百团大战。8月20日晚，由聂荣臻指挥的晋察冀军区15个团的兵力，同时向铁路线发起攻击。狮脑山是阳泉的屋脊，控制了狮脑山就等于卡住了正太铁路的咽喉。为牵制驻阳泉日军，掩护正太铁路西段军民破路，我军385旅769团、14团，在陈锡联旅长的带领下冒雨占领了狮脑山。被我军迫击炮炸得乱作一团的日军立即收拢部队，同时武装起日本侨民，向狮脑山发起进攻。

雨一直下，淋在阵地上，积在战壕里。战士们的军衣紧贴在身上，雨滴从帽檐滴落，泥浆裹住了军鞋。他们依然卧伏在泥水里，一次次把冲上来的敌人打退。久攻不下的日军调集飞机大炮，炮弹雨点般地向狮脑山倾泻。工事毁了，战士们就以弹坑当掩体；机枪手牺牲了，弹药手就顶上去。穷凶极恶的敌人竟然投掷毒气弹，战士们不知不觉就倒在了泥水里。

雨一直下，淋在战士身上，淋在百姓心里。军粮供应跟不上，南山村的老百姓就把家里仅有的粮食冒雨送上前线，把地里种的豆角、南瓜做成菜汤，把尚未成熟的玉米、黑豆做成干粮。就是在这样艰苦的条件下，我军顽强地坚守狮脑山阵地7天。

站在狮脑山山巅，我的目光望向视线可及之处。就在日军被我385旅牢牢牵制在狮脑山的同时，石太铁路线上，八路军战士和阳泉煤矿工人、民兵并肩作战，一个个车站在火光中燃烧，一座座桥梁在爆炸声里倾覆，一根根铁轨、一条条电线被抗日军民拆毁、剪断……

站在纪念馆里，我的目光沉浸在一幅幅图片里。

那不是《元帅与遗孤》吗？照片上，聂荣臻司令员拉着一个小姑娘的手，聂帅双脚分开，伫立在太行山上，满眼慈祥，旁边的小姑娘好像惊魂未定，稚嫩的小手紧紧攥着聂帅的大手。这个名叫美穗子的小姑娘是在日军轰炸井陉煤矿车站后，被八路军战士救出来的日本侨民的孩子，聂帅亲自安排老乡用扁担挑着把孩子送到日军兵营。整整40年后，通过中日新闻媒体，美穗子重回中国，两双手再一次紧紧地握在一起。日军所到之处杀光、烧光、抢光，孕妇、婴儿也不能幸免，而我军对无辜的日本民众尽最大力量给予爱护照顾，惨无人道的暴行与革命的人道主义，多么鲜明的对比！

那不是《太行英雄》吗？照片上，一位八路军战士右肩上扛着3支步枪，左手提着1挺轻机枪，胜利的笑容绽放在洒满阳光的脸上。那是歼灭三甲村日军后，八路军连长李永生缴获的战利品。2019年，为庆祝中华人民共和国成立70周年，我所在的盂县人武部举办了一次书画摄影作品展，画家胡晶浩根据这张照片创作的版画《太行英雄·李永生》，以其雄浑的气势刻画了英雄的太行山、英雄的八路军而入选。后来，那幅画被阳泉军分区国防教育展厅永久收藏，激励着新一代国防动员人传承红色基因，担当强军重任。

雨后初霁，秋日朗朗，登高仰望，丰碑巍然。这片曾经被炮火覆盖过的焦土已然变身郁郁葱葱的森林公园，高高耸立的百团大战纪念碑、绿荫簇拥的百团大战纪念馆，成为后人追寻红色历史、接受国防教育的生动课堂。

（写于2021年8月）

阳泉市狮脑山　百团大战纪念碑

站在896高地

无人机在螺旋桨的轰鸣声中渐渐升高，遥控器的显示屏上，几条纵横蜿蜒的壕沟在这座小山包上清晰地展现开来……

战友朱继明说，这片战壕，是华北地区迄今为止发现的保存最完整、要素最齐全的抗战工事！

这座位于狮脑山主峰东南侧的小山包，因为一次战地勘察，揭开了一段尘封已久的历史。

11年前的那个仲夏，为纪念百团大战胜利70周年，作为主战场之一的阳泉市，安排开展了一系列纪念活动，其中包括成立了由军分区牵头组成的狮脑山战备工事遗址调研小组。曾经有在南疆边境作战经历的朱继明根据史料，对百团大战狮脑山战斗地域的敌我双方兵力编成、防御要点、主要防御方向、阵地构筑、火力配备、指挥所位置等主要作战要素进行了细致的勘察和还原。

烈日炎炎的午后，当朱继明劈开茂密的灌木丛，爬上这个海拔896米的高地时，这位有着丰富战场经验的老兵心头一震：一条长长的壕沟出现在眼前。对战场的敏感让朱继明的脑海瞬间闪出一个念头，眼前这条壕沟莫不是当年我八路军阵地的战壕？清理完一段壕沟里的灌木野草，更加证实了他的预判，沿着约2米深、1.5米宽的壕沟前行，一个依山就势构筑的U形防御工事在山冈上若隐若现。尽管经历了70年风霜雨雪的侵蚀冲刷，堑壕、交通壕、掩蔽部、防空洞、单兵掩体、射击孔等工事依然能看出当年的模样。

蹲在896高地的砂岩地上，朱继明给我们用树枝手绘了整个高地的战壕分布图：这是一个大U形工事，约40000平方米，左右各一个阵地，左侧阵地成E形，是主要防御阵地；右侧阵地成五指手掌形，构筑有单人和双人工事，可能是机枪组合阵地。阵地之间由交通壕相连，掩蔽部可隐藏数十名战士，战壕总长度约2000米。

翻看《陈锡联回忆录》《孔庆德回忆录》《郑国仲回忆录》等历史资料，百团大战狮脑山战斗仿佛重现眼前：陈锡联旅长率领385旅769团和14团坚守阵地，与日军展开一场场鏖战。战斗从1940年8月20日晚开始，至26日结束，历时7天。敌机轰炸、白刃格斗、穿插迂回、反复争夺，又逢连日下雨，战壕积满泥水。为了支援子弟兵作战，南山村全村百姓烧火送饭，支援作战，最后连黑豆汤都没有了，官兵们只能啃生玉米保持体力，可就是在如此艰苦的条件下，八路军官兵依旧浴血奋战。

辉煌战史永载史册，硝烟战场却湮没在岁月长河。

源于心中的军旅情结，此后的10年间，我曾无数次登上896高地。春天，淡黄色的连翘花开满山冈；夏天，是烈日骄阳下满眼的绿；到了金秋，黄栌红叶如水彩涂抹入画；最是那冬日寒风萧瑟了林草树木，一场初雪后，四野白茫茫、雾蒙蒙。雪落高地，纵横阡陌的战壕犹如一只巨大的手掌拍在雪野上，射击位清晰地对准日军来犯的方向。

我时常独步丈量着这个高地，一遍遍抚摸着战壕壁上的岩层，想象着战士们锹镐砸凿的坚韧；一遍遍沿着战壕弓腰前行，犹如当年硝烟弥漫中的冲锋；一遍遍伏在掩体瞭望远方，眼前恍若电影中敌军队伍的蛇形；一遍遍趴在射击位，幻听穿越时空的枪声……

这是一个被炮火覆盖的高地。尽管日军一次次进攻、敌机一次次轰炸，战士们依然会从焦土中一次次跃起，在战壕中迂回出击，一次又一次把日军压制在山下。

这是一个被鲜血染红的高地。面对冲上来的敌人，战士们与之展开白刃格斗，喊杀声响彻高地，声震长空。一把把锋利的军刺把敌人刺下山冈，而烈士的鲜血也浸透了岩层。

这是一个被仰望缅怀的高地。如今的狮脑山，建起了百团大战纪念碑和纪念馆，通往狮脑山的公交红色旅游专线，也专门设置了"896高地抗战遗址"停靠站点，这片曾经沉睡于高地上的战壕已经醒来，正被越来越多的人触摸、感悟。

硝烟散尽，烽火不再，但巍巍群山永远拥抱着这座高地，那场战斗、那些勇士也将被永远凿刻进战壕里深深的岩层，时光不老，岁月不侵。

（写于2021年8月）

阳泉市狮脑山　五指战壕阵地遗址

正太线上"拦路虎"

　　与抗战英雄赵亨德"相遇",源于一份旧报纸上的报道。20年前,为喜迎新世纪我军第一个建军节,深入开展"继传统、学英模、创先进"活动,原北京军区决定编撰《北方军区英模谱》。作为山西省军区英模编撰工作人员,按照上级下发的遴选标准,我开始对阳泉史料记载的英模进行系统摸排。在平定县人武部上报的情况报告上,几行字引起了我的注意:"赵亨德,平定县人,1922年出生,1944年被太行军区授予一等侦察英雄荣誉称号,1947年在战斗中牺牲,《新华日报》(太行版)3次刊载他的英雄事迹。"

　　一等侦察英雄、3次上报纸,背后肯定有辉煌的战绩可歌,有热血壮怀可泣。随后,在人武部政工科科长卢珍柱的大力协助下,以3篇报道为线索,通过查阅大量史料,赵亨德,这位令日军闻风丧胆的正太铁路上的"拦路虎",从一个陌生的名字逐渐有血有肉地生动起来……

　　那是一篇光环耀眼的人物通讯。1944年12月11日的《新华日报》(太行版),以《一等侦察英雄赵亨德》为题,刊载了他在正太铁路沿线破路歼敌的英雄事迹。那时的赵亨德，是八路军129师新编第10旅兼太行军区第二军分区敌工干事。他带领战士组成4人敌工小组，乔装打扮潜入敌占区，以日军重要兵员物资输送主通道——正太铁路为目标，多次组织爆破活动。在3个月的时间内，他们先后成功爆破27次，炸毁日军火车头7个、车皮16节，歼敌40余人。小股多次的频繁袭扰，让日军吓破了胆，咬牙切齿地称他为"拦路虎"，正太铁路各车站到处张贴着"悬赏二千元，捉拿赵亨德"的布告。

那是一则振奋人心的嘉奖通令。1945年1月27日，一则《嘉奖通令》随着《新华日报》（太行版）迅速传遍解放区，通令称："我二分区在侦察英雄赵亨德组织下，日前在正太路芹泉至寿阳间之西庄村，以极小的消耗，获得消灭敌官兵60余人，活捉伪山西教育厅学务专员铃木川三郎等8个日本人的空前辉煌胜利。特为赵亨德记大功一次。"原来，根据情报，日军一列从太原发出的军人特需车警备森严，可能载有重要人员物资。赵亨德立即带领2名侦察员勘察地形，选定在寿阳县西庄附近的转弯地段进行伏击。1月18日深夜2点，当日军军列进入伏击圈后，一声巨响——埋设的地雷爆炸了，列车一下子趴了窝。经过激烈战斗，俘虏了伪山西教育厅学务专员铃木川三郎少将等8名要员，缴获机密文件、军用物资等百余件战利品。后来才知道，铃木川三郎还是日本天皇的外甥。

那是一条令人悲痛的战场消息。1947年5月21日的《新华日报》（太行版）发布《赵亨德同志光荣殉国》的消息震惊华北："全国闻名的杀敌英雄赵亨德同志，于4月19日晨3时，在正太战役庄窝战斗中，光荣牺牲。"那是阳泉解放的前夜，太行二分区 42 团打响了解放平定县城的战斗，时任团参谋长的赵亨德率部冲锋在前，不幸中弹以身殉国。叱咤疆场的英雄赵亨德倒在了家乡的土地上，年仅 25 岁。

整理完英雄的事迹材料，我们逐级上报。后来，赵亨德与刘胡兰、李林等 43 名山西英模一起，被编入《北京军区英模谱》一书，成为部队开展革命传统教育的感人教材。

心中感念家乡这位传奇英雄，2007 年 5 月，当我怀着崇敬的心情来到赵亨德烈士纪念馆瞻仰时，眼前的景象却把我惊呆了：刻有"赵亨德牺牲地"的石碑倒在残砖乱石堆中，陈列室内外一片狼藉，到处是堆放着的建筑垃圾；烈士塑像被煤尘覆盖，数米外的公路上，一辆辆运煤车滚滚驶过……回来后我把照片配了文字说明，寄给了《阳泉日报》。不久，报社在《读者来信》版以《赵亨德烈士难以安息》为题刊发。

据说，这篇摄影报道引起军地领导的高度关注，市县两级人大代表和政协委员也多次通过议案、提案反映。2015 年，平定县烈士纪念馆新馆在城南景色秀美的嘉山上落成，对赵亨德烈士的事迹做了专题展陈。

嘉山挺峻，嘉河绕柔。松柏簇拥下的英雄纪念碑高耸入云，烈士用鲜血和生命谱写的壮丽诗篇，永远在这片抗日烽火燃遍的热土上传承铭记，赓续传颂。

（写于 2021 年 8 月）

平定县嘉山　平定县烈士纪念馆

静静的绵河

　　站在这座建于清代的二进院正房房顶放眼望去，村后的石太铁路线上，一辆货运列车呼啸着由东向西；村前，清冽的绵河水浇灌着河滩坝里碧绿的菜畦；远处的娘子关城楼，在太行群山间巍然耸立。

　　2015年9月3日，在纪念中国人民抗日战争暨世界反法西斯战争胜利70周年阅兵式上，十大英模方队由20名将军带领，迈着铿锵的步伐走过天安门广场，其中"血战磨河滩钢铁连"的旗帜十分醒目！

　　这一幕，让当时还在部队服役并观看阅兵直播的我心头一震——磨河滩？这不是从家乡阳泉坐绿皮车去石家庄时经过娘子关旁边的那个村子吗？

　　在这个秋意渐浓的日子，我站在磨河滩村的高处眺望，还是这道雄关，阅尽人间沧桑；还是这条铁道，穿越莽莽太行；还是这片河滩，河水静静流淌；还是这座宅院，饱经岁月风霜。

　　村委会的小刘带着我走遍村子，也再难找寻到当年战斗的痕迹，直到走近这座老宅，古老的青砖石墙上，几个深浅不一的弹孔，让我穿越时空，清晰地望见80多年前的炮火和血光……

为打破日军的"囚笼"政策，1940年8月20日晚，中国共产党领导的八路军在广阔的华北敌后战场上打响了交通总破袭战——百团大战。晋察冀军区老5团1营1连按照部署悄悄潜入磨河滩村，他们的任务是消灭和牵制东兵营的日军，配合友邻部队完成破坏铁路、占领娘子关城楼的任务。

看护院子的刘大爷告诉我，当年八路军老5团1营1连的指挥所就设在他家祖上留下来的这座老宅里。战斗计划本来很周密，日军100多人，我1连145人，预计很快就能结束战斗。不料，战斗打响后，一列从阳泉开来的火车驶进磨河滩车站，700多名准备归国的日军退役军人立即加入战斗，致使敌我力量陡然悬殊。

战斗一直持续到22日上午，获知消息的驻阳泉日军紧急抢修被我友邻部队破坏的铁路，紧急调遣运送武器和兵员的铁甲车赶到磨河滩车站增援。在铁甲车和大炮的配合下，日军发起了强大的攻势，1连连长邓仕均不幸中弹，但他忍着伤痛，临危不惧，指挥全连战士凭借街道、民房英勇反击日军的冲锋，战斗进行得异常激烈。战士们的子弹打光了，危急关头，邓仕均与战士们在枪头插上刺刀一起冲向敌军。最终，邓仕均与战士们被逼到一条窄巷里。下午，突然下起了大雨，绵河洪水暴发，1连处于三面受敌一面临水的危险境地。黄昏时分，根据团部命令，1连分4批陆续撤出战斗，强渡绵河突围，由于水深浪大，许多战士被洪水冲走。最后，突围出来的1连仅剩17人。

磨河滩战斗，面对日军数量和装备的绝对优势，1连战士仍坚守3天，击毙日军200多人，成功牵制了日军，为兄弟部队夺取战斗胜利赢得时机。战斗结束后，晋察冀军区授予老5团1营1连"血战磨河滩钢铁连"称号，连长邓仕均被授予特等战斗英雄称号。

　　枪声远去，硝烟散尽。如今的磨河滩，只有老宅墙上残存的那排弹孔让人们铭记，那场血战仿佛就在昨天。

　　永远不会忘记连长邓仕均的，还有他的阳泉籍战友曹立忠。在百团大战的另一场战斗中，曹立忠负伤昏迷，被老百姓从战场上救下来。伤愈后的曹立忠多方打听，得知1连生还的17人中没有连长，以为邓仕均也牺牲了。为了怀念战友，曹立忠改名邓云。直到2020年底，当邓仕均的儿女通过新闻媒体来到阳泉看望104岁的邓云时，这位百岁抗战老兵才得知，当年邓仕均并没有牺牲，后来又参加了抗美援朝战争，作为团长的邓仕均仍然冲锋在前，牺牲在异国他乡。

　　这是怎样的一份情啊，以至于将自己的姓氏永远割舍，把战友的姓写入族谱。那是鲜血凝成的战友情，战火燃烧的生死情，才会让战友刻骨铭心。

　　雄关默默挺立，当年的磨河滩钢铁战士，已然化身为太行山的巍峨；绵河静静流淌，如今的磨河滩钢铁英雄连，正续写着英勇顽强的魂魄。时光不老，山河永在，被烈士鲜血染红的绵河水，世代传唱着英雄的赞歌。

（写于2021年9月）

平定县娘子关镇磨河滩村　娘子关火车站

山中英雄气

"我前进，你们跟着我；我停止，你们推动我；我后退，你们枪毙我！"这是八路军129师新编第10旅旅长范子侠的带兵箴言。

为了一句心头萦绕多年的箴言，我一路追寻……

跨过潺潺东流的桃河，穿过石太铁路涵洞，来到距离市中心30公里的南沟村，沿着新修的水泥路，向草帽山进发，循着范子侠旅长的战斗足迹，去体悟大山中升腾的英雄气。

秋日的狼峪，可不像它的名字那样凶狠。梯田里，高粱穗穗红透了脸，玉米秆秆披上了黄袍；路边上，香梨儿压弯了枝条，红枣儿在树叶间蹦蹦跳跳。

81年前的那个秋天，也应该是这样的静谧美好、丰硕妖娆，然而这里上演了一场狼烟弥漫、毒气四散的敌我博弈。

出生在南沟邻村测石村的姚永田老师，是研究范子侠的专家。多年来，一直坚持挖掘整理范子侠的战斗经历，帮助南沟村建起了抗战纪念馆，为范子侠塑了雕像，开办了红色大讲堂，把抗战遗址公园打造成了远近闻名的红色教育基地。

透过姚老师整理的资料，我试图从一场持续了6天的战斗中求证范子侠的那句箴言……

夜袭桑掌桥，他亲自上阵。1940年8月20日，百团大战打响，范子侠率部担负破袭桑掌大桥的任务。这座由法国工程师监工修造的21孔石桥，是正太铁路上最长的石桥，日军在桥周边修筑了坚固的堡垒。总攻开始后，范子侠带着炮兵分队潜入距敌人六七十米的树下，冒着被敌人机枪扫射的危险，亲自动手装弹，调整炮位方向。随着几声巨响，枕木、道钉、石块飞上天，桑掌大桥被彻底摧毁。

智取狼峪站，他身先士卒。狼峪站是正太铁路上的二等车站，日军筑有坚固的营房和工事，整个车站四周设置了铁丝网和壕沟，我军连续两日攻不下。23日，范子侠急中生智，亲率一支30人的小分队化装成日军接近车站。车站守军以为是增援部队赶来解围，放松了戒备。我军一进入车站，就开枪射击，在几乎零伤亡的情况下，一举拿下了狼峪车站据点。

强攻草帽山，他冲锋在前。海拔1200米的草帽山上，日军修建了上千米的战壕工事，其中最大的一个炮楼，居高临下，连接着四周6个碉堡。在攻克狼峪火车站后，范子侠率领队伍一鼓作气强攻草帽山，但因敌军占据有利地形拼命顽抗，我进攻部队受到敌人钳制。24日天一黑，我军凭借夜幕掩护发动总攻，逼近草帽山。不料丧心病狂的日军竟然施放毒气，冲在前面的范子侠等百余官兵中毒倒下……25日凌晨，趁日军认为施放的大量毒气削弱了我军的战斗力，放松警惕后，我军采取小股部队多方出击的灵活战术，最终将敌人的炮楼、碉堡各个击破，取得了破袭战的胜利。

在纪念馆里，我久久地凝视着墙上范子侠的照片，浓重的眉毛、坚毅的眼神、微笑的嘴角，人高马大，双排扣棉大衣，侠肝义胆，英气勃发。

其实，追寻这句箴言的想法，源于2008年我在《解放军报》头版刊登的通讯《追寻在太行山上》，时任副总编辑陶克将军亲自操刀配发评论："范子侠的这三句话，是党员干部忠诚人民的铮铮誓言，是党员干部爱憎分明的荣辱观，是党员干部对士兵的生死诺言。"

正是早年在国民党军队期间，看不惯军阀作风、消极抗日，范子侠才投身八路军。带兵打仗他从不喊"给我上"，而是"跟我上"，身先士卒，冲锋在前。1942年，范子侠在河北沙河县的反"扫荡"时中弹牺牲，长眠在大安山上，年仅34岁。

连续几天阴雨后，天放晴了，微风拂去薄雾，白云点缀碧空。夕阳西下，就在我们走下台阶蓦然回望时，狼峪抗战纪念碑顶部鲜红的五角星上，落下一只喜鹊，叽叽喳喳地叫个不停；高高矗立的范子侠雕像，背后映衬着如黛群山，那满天挥洒开来的丝丝白云，不正是升腾着的英雄气？

山河无恙，鹊报平安，山中英雄气，长天化作云。

我想，这铿锵的箴言，草帽山会永远铭记，大安山会永远铭记，后人也会永远铭记！

（写于2021年9月）

阳泉市旧街乡南沟村　狼峪抗战英烈纪念碑

荣　光

　　门前的上马石栉风沐雨不离不弃，仿佛还在等待他的归来，那个当年从这个大门前上马出发的热血儿郎。

　　尽管已经过去70年，但这块木制牌匾仍然高挂在任富成家的大门门楼上，成为一个家族乃至全村人的骄傲和荣光。

　　透过照相机的镜头，"作战英雄"4个蓝底金色大字，在太阳的光晕里，耀眼夺目，整个门楼也显得高大无比。

　　平定县巨城镇南庄村的红色展馆里，悬挂着3块匾额，分别是"作战英雄""英勇杀敌""作战勇敢"。讲解员刘素珍告诉我们，这些是复制品，除了那块"作战英雄"的真匾还挂在门楼上外，其他两块都被迁往外地的人家带走了。

　　"作战英雄"匾上的题款记载："捷报　任富成同志于一九四八年四月廿日自愿于应县地区率团部队□□□□，经评定为一功，除□□□□状作光荣纪念外，□北发报并申贺忱。此致任三猫先生。全村人民敬赠。中华民国三十七年七月三日立。"

　　"英勇杀敌"匾上的题款记载："庆贺刘耀荣同志在朝鲜

战争中英勇善战功绩显著立了大功。南庄全体干群立。公元壹玖伍壹年柒月立。"

"作战勇敢"匾上的题款记载："献两次大功 捷报 兹有第七旅十九团刘二牛同志七月八日于遵化县城子峪村口，经评定为立晋功，□□奖状作为光荣纪念外，并申贺忱，此致刘老太太。一纵队七旅全体指战员贺。民国三十八年立。"

望着3块匾额，我能够想象出当年全村老少锣鼓喧天庆贺的场景，也禁不住想探究英雄和他们的家乡曾经的荣光。

斯人已逝，后人远迁，唯留下一处处凋敝的院落。我们只能从一些散碎的文字里，努力去还原那些匾额背后的故事……

刘二牛，1940年参军到晋察冀军区四分区5团，转战盂县、平山、五台、繁峙、大同、阜平等地。1949年在遵化县城子峪战斗中荣立双功。1951年入朝作战，参加了开城战役和铁原阻击战。1957年转业回乡担任了供销社主任。

任富成，1943年成为民兵游击队员，1944年参军，在解放石家庄战役中荣获华北解放纪念章，在应县战役中荣立战功。参加抗美援朝，荣获抗美援朝保家卫国奖章和和平勋章。1955年退役返乡务农。

刘耀荣，1945年参加革命，晋察冀军区二分区战士，参加了解放阳泉、石家庄、张家口、太原等战役战斗，曾荣立大功1次、二等功3次、三等功5次，1950年在朝鲜战场炸毁敌坦克1辆，从战士成长为副团长。

仅从英雄的简历，看不出战斗的惨烈，但史料记载，三打应县持续42天，伤亡2500人，是晋察冀军区部队打得最为艰难的一场硬仗，长城脚下的城子峪更是敌我反复争夺的要地。

在抗日战争、解放战争、抗美援朝战争的烽火硝烟里，3个南庄村的青年，冲锋在枪林弹雨的战场，虽伤痕累累，却幸得荣归。

而他们的家乡，也在进行轰轰烈烈的抗日斗争，成为平定（路北）县抗日政府所在地、抗日武装的大后方。

南庄村97岁的抗战老兵刘乙丑回忆，他12岁就参加村里的儿童团，扛起红缨枪，站岗放哨，协助民兵在村口查路条，防止汉奸到根据地侦察情报。后来，在革命斗争的考验中逐渐成长为民兵游击队员，配合八路军和武工队割电线、埋地雷、破公路。

村里为保护抗日政府机关免遭日军袭扰，以老区人民特有的聪明才智和创造精神，组织民兵挖通了各家各户藏粮的地道，设置了22个进出口、21个通气眼、6个防毒防烟机关，还有数个瞭望孔、射击口，形成了蜿蜒地下4000多米，能防能攻、可守可退的"地下堡垒""坑道长城"，墙柜后、灶台下、驴圈里、柴垛后，到处都有地道口和射击口。抗日军民利用地道巧妙地与日军展开周旋，粉碎了敌人的一次又一次"扫荡"，保护了八路军队伍和抗日干部，被誉为晋察冀"小延安"。

刘素珍告诉我们，听老人讲，当年全村先后有17名青年为国捐躯，22名革命战士致伤致残，村里很多人家的门楼上都挂着光荣匾，但只有这3块保留了下来。

英雄的子弟兵，为家乡、为门第赢得无上荣光；英雄的村庄，也为抗日根据地、为晋察冀边区赢得无上荣光！

（写于2022年8月）

平定县巨城镇南庄村　作战英雄任富成宅院

一个村庄的倔强

朔风卷地，凛冬将至。

一场冷空气突袭晋东大地，气温骤降10余摄氏度。寒潮黄色预警、大风蓝色预警，都没有阻挡我们计划中的行程。

因为就在78年前的今天，300名日伪军突然插入平定（路北）县三区腹地——岔口村。我抗日政府组织地方武装在这里打响了一场历时8个半月的围困战，硬是让不可一世的日军陷入人民战争的汪洋大海。

顶着七八级的大风，踩着散落在小路上的枯叶，我们一行3人登上村南的祭风雨垴，一座六角亭在水泥浇筑的石台上拔地而起，岔口围困战纪念碑伫立亭中。纪念碑背面的碑记，记录下了一段八路军与日伪军斗智斗勇的历史，也铭刻着一个村庄的不屈与倔强……

1943年11月20日，日伪军占领岔口村，并开始在村南的制高点——祭风雨垴上修筑炮楼，妄图与巨城、西南舁据点呼应，从而形成"品"字形点线，直接威胁晋察冀边区四专区和平定（路北）县政府的敌后工作。党组织一边紧急动员村民撤离，一边动员老区群众誓不支敌、抗争到底，决定开展一场空村围困斗争，把敌人困死、逼走。全村人员、牲畜迅速转移到附近各村，岔口村一夜之间成了"无人区"。

在晋察冀平定县革命历史纪念馆里，一幅幅图片、一段段文字、一本本资料，都在浓墨重彩地讲述着这场围困战的每一个细节……

轮战队出奇兵，为了断绝日伪军的给养，枪口夺粮，水窖下毒。人员转移了，可群众坚壁清野起来的粮食还藏在村里。村党支部组织了多支小股的夺粮队，民兵封锁住敌人的炮楼，夺粮队在夜幕掩护下轮番进村，把粮食挖出来扛出村，等敌人修好了炮楼下村搜粮时，掘地三尺也没找到一粒粮。进入春耕时节，村里将青壮年分成武装组和劳动组，一部分民兵负责外围警戒，一部分民兵带着老弱妇孺分组轮战，在敌人眼皮子底下抢种庄稼。在县区派出游击队火力支援下，硬是在日军眼皮底下抢收抢运粮食1万余斤。不让敌人吃饱，也不能让敌人喝水！民兵们从山上砍来一种散发臭味的檀木投入水窖，一眼眼水窖成了臭水坑。

地雷阵显神威，为了粉碎日伪军的"扫荡"，山路埋雷，处处设伏。村里没粮没水，日军必然到其他村"扫荡"，民兵们就在村西的柳树崖用一线三坑的方法，埋下了连环雷，敌人一出村就被炸死、炸伤20多人。在通往郝家庄、黄龙岩、羊圈洼、东峪、西头岭的山路上，民兵们布下了点线结合、虚实相套的地雷阵，炸得敌人丢盔弃甲。不得已，只能由日军设在巨城的据点定期给村里的日伪军送粮送水，岔口炮楼的日军再强迫伪军赶着抢来的两头黄牛在前面探路，前去接应。摸准规律后，县大队、区游击队组织民兵前后夹击，一路堵截袭击送给养的日军，一路直捣巨城寺岭梁据点和大佛殿粮库，使敌人首尾不能兼顾，岔口炮楼的日军被围困得时常断水、断粮。

一个太行山深处的小村庄，以他倔强的性格、顽强的意志，巧妙与敌周旋，开展游击战、持久战、围困战，使敌人陷入"见不到人、搜不到粮、水不能喝、路不能走"的困境，勉强坚持到第二年的 8 月，无计可施的日伪军只好拆毁炮楼，灰溜溜地撤走。空村围困斗争取得了最终的胜利，极大地坚定了平定（路北）县人民抗日斗争的信心和决心。

这是一场抗日政府领导地方人民武装自发开展、团结奋战的斗争，这是一场人民群众不屈不挠、众志成城的斗争。这年冬，在晋察冀边区召开的群英会上，岔口村被授予抗日斗争模范村的光荣称号。

站在纪念碑旁放眼望去，群山环抱中的村庄尽收眼底，一个个院落静谧而安详，石砌的院墙在阳光下棱角分明。岔口中学的操场上，五星红旗在风中高高飘扬、猎猎作响。当年日军的炮楼早已灰飞烟灭，承载老百姓风调雨顺愿景的祭风雨垴上，松涛声动，柏枝摇曳。村里正依山就坡建设农民公园，新栽植的一棵棵塔柏，像一把把刺刀直刺苍穹，在百草凋敝的凛冬，顽强地与寒潮对峙，与大风抗衡，默默地守护着北方原野上仅剩的绿意，如同当年这个村庄面对侵略者的那种不屈和倔强。

（写于 2021 年 11 月）

平定县岔口乡岔口村　岔口围困战纪念碑

七岭山的记忆

　　正是青山不墨满目翠的时节，绕过一排排农舍，我们缓步登上平定县赵家村的松垴梁。转过一道弯，一座矗立在山冈上的纪念碑映入眼帘。村民老赵告诉我们，那就是平西抗日根据地纪念碑。

　　拾级而上，我特意数了数脚下的台阶，一共3组，分别是19级、37级、12级。我问："是纪念平（定）西抗日根据地的创建时间1937年12月吧？"老赵点头称是。

　　绕着纪念碑行走、仰望，老赵如数家珍："整个纪念碑由3支巨大的步枪造型背靠背呈三角形相连组成，代表着根据地由平（定）西、昔（阳）西、寿（阳）南3个抗日县政府组成，寓意为平西人民用小米加步枪打败了日本侵略者。碑身高12.9米，是纪念八路军129师创建了平（定）西抗日根据地。"

　　站在这个3县交界的山梁上放眼望去，背后的七岭山峰峦蜿蜒连绵，护佑着这个静谧的小山村。

　　青山无言，却永远铭刻着那段血与火的记忆。

　　1937年，在中国共产党的领导下，八路军挺进敌后，以七岭山为依托，建立了平（定）西抗日根据地，组织平西、昔西、寿南3个县的广大军民开展了轰轰烈烈的抗日斗争。

以大山为掩护，根据地军民浴血奋战，英勇抗日。高高的山冈上、密密的树林里、深深的青纱帐中，到处是八路军和民兵游击队的身影，以正太铁路、平辽公路为战场，破袭战、攻坚战、伏击战、游击战、地雷战，战果辉煌，捷报频传。七岭山，成为太行山晋冀豫根据地西北部的坚固屏障。

以"人山"为后盾，根据地青壮年组成民兵自卫队，一边与敌周旋，一边积极组织农业生产，老人碾米磨面，妇女赶制军鞋，儿童放哨站岗。同时，根据地的群众积极组织担架队、运输队、警戒队，运送物资，救护伤员，打扫战场，维持治安，使抗敌斗争的战勤服务得到了充分保障。

"最好的棉布缝军装，最好的小米做军粮，最壮的男儿上战场……"

七岭山下，参战支前的一幕幕恢宏场景总是荡气回肠！

有战斗就会有流血，有战场就会有牺牲，平（定）西抗日根据地仅在册的革命烈士就有300多人。老区人民前仆后继，掀起一批又一批的参军热潮，踊跃参加八路军的热血青年有几千人。在这里组建、战斗、成长起来的山西抗敌决死1纵队25团，在百团大战中与日军英勇战斗，特别是面对突然偷袭的日军，8连官兵毫不畏惧，与敌展开肉搏，彰显了"逢敌亮剑，有我无敌，刺刀见红"的血性特质，被八路军总部授予白刃格斗英雄连荣誉称号，成为全军英模部队。驻扎在赵家村的八路军129师385旅，粉碎日军的六路围攻，歼灭日军600余人；八路军115师和120师协同作战，取得了广阳伏击战2次歼敌1300

余人的辉煌战绩。

军队打胜仗，人民是靠山。根据地老百姓成为掩护八路军和抗日干部的大后方，一次，平（定）西县委书记赵雨亭和三区区委书记韩瑞田到赵家村邻村端岭村开展工作时被日军包围，房东王洛书和王耀庭父子急中生智，带领赵雨亭他们翻过院墙，藏到一个排水沟涵洞里。日军把全村群众集中到打谷场上，逼问八路军干部藏在哪里，没有一个老百姓告诉日军。

青山不语，却永远铭记那段泪与痛的历史。

有"扫荡"就会有惨案，有暴行就会有罹难。距离赵家村3里地的马家庄就惨遭噩运，1940年9月13日，盘踞阳泉、平定的日军，集结重兵对平（定）西抗日根据地进行"扫荡"，在马家庄制造了骇人听闻的血案，334名无辜村民倒在日军的枪刺下，大山里的小山村顿时血流成河，一片火海……

上山的路上，只顾着数脚下的台阶，却错过了七岭山的美。下山时才发现，路边山坡上，一丛丛灌木开着一种特别的花，呈淡紫色纤柔的丝羽状花絮在风中轻轻摇曳，远看一片淡紫色，像一团团紫烟在绿叶上飘逸。老赵告诉我们，这种植物叫黄栌。夏天，卵圆形叶子是绿色的；到了深秋，叶子通体变成红色，就是我们经常看到的红叶。

只此青绿的七岭山，在经历过电闪雷鸣、风雨霜冻的洗礼后，终将漫山火红、层林尽染，一如当年那出没于青纱帐里的八路军战士和游击队员，一如当年那燃遍莽莽青山的抗日炬火。

（写于2022年5月）

103

平定县冶西镇赵家村　平西抗日根据地纪念碑

暗　战

　　坐在街边的休息椅上，熙熙攘攘的人群从身边走过，或匆匆，或缓步；店家播放的各色乐曲混杂着流淌，或嘈杂，或悠扬。夏日的风轻轻拂过树梢，天上的流云无声地飘过楼顶，一切美好祥和。

　　这条位于阳泉市中心的步行街叫兴隆街。街的两旁，商铺一家挨着一家，漫步其中，吃喝玩乐应有尽有，新潮的装修风格吸引着不同需求的顾客前来。然而，许多人不知道的是，若时光倒退回80年前，就在这条街上的某个店铺、在拐角巷子里的某个小院，曾经是没有硝烟的秘密战场，上演过一场场波谲云诡的暗战。

　　那时的阳泉还是一个环绕在正太铁路阳泉站周围的小镇，那时的兴隆街38号，开着一家瑞记粮店，白天开仓卖粮，身穿青色长袍、脚踩圆口布鞋，梳着油光小分头的掌柜董礼庭，面带微笑，迎送着一拨又一拨的客人。待到日落西山，店铺打烊，店里的伙计上好最后一块铺板，点亮油灯，巷子深处总会出现几个身影，借助沉沉夜色，闪进虚掩的后门，小店就成为我党的一个秘密交通站。

平定（路北）县民政助理刘永昌作为董礼庭的单线联系人，以老家村民的身份混过日伪盘查，来到粮店当伙计，以此为掩护，协助配合董礼庭暗中收集敌方情报，再利用外出送粮的机会，传递给我党接头人员。同时，他还通过红色交通线，巧妙伪装，辗转为我军供应粮食、药品等物资。

在兴隆街南口百米外的阳泉站，人称二姑娘的我党地下工作者曹春兰，则款款迈入车站旁边的茶楼，利用在日伪警备队当差的姐夫的关系，周旋于车站日伪及家眷之间，推杯换盏，骰子旋转，麻将声声，一份份情报被机智获取、秘密传送。1945年1月15日，曹春兰获得一份重要情报：两天后将有一辆挂有专用车厢的火车从太原开往北平，车上有日军重要人物。随后，根据情报，我太行二分区立即部署设伏，一举消灭了120人的日军卫队，活捉了日本天皇的外甥、时任日伪山西政府教育厅学务专员的铃木川三郎少将。

红色交通线在秘密延伸。阳泉站以北30公里外的盂平（山）县，小机灵韩廷珍同样在与日军进行着斗智斗勇的暗战。刚刚从晋察冀边区公安总局受训归来的韩廷珍，带着组织上交给的秘密发展党员壮大队伍、培养打入敌人内部的内线人员、收集情报瓦解策反敌人、甄别锄奸等任务，来到县六区担任治安员，在敌占区日伪军眼皮子底下开展工作。

以"女婿"的身份为掩护，韩廷珍经常来往于牛村镇镇长李枝荣家。夜幕降临，当日军撤回碉堡、拉起壕沟上的吊桥后，李枝荣家就成了"女婿"韩廷珍宣传抗日、收集情报的秘密接头点。获取了日军欲夜行军40里偷袭我34团的消息后，韩廷珍火速将情报传送到东麻河驿村，为我军赢得先机。

在隐秘的红色交通线上，董礼庭、曹春兰、韩廷珍是幸运的，他们在刀锋扑面、白刃喋血的风云后，迎来了欢庆的锣鼓、胜利的曙光，然而许多地下工作者倒在了黎明前的血泊中。潜伏进驻阳泉日军旅团司令部，成功策反日军翻译官的范世俊，由于身份暴露惨遭敌人杀害……

日月轮转，光阴穿梭。兴隆街的店铺依旧顾客盈门，阳泉站的塔楼依旧昂然挺立，但那些地下工作者连同一段段秘密暗战，都已悄然湮没在历史的风烟里。我们只能从《暗算》《悬崖》《伪装者》等影视剧中，伴随着扣人心弦的情节，感受那一幕幕惊心动魄的交锋。由于特殊的背景和性质，许多人隐姓埋名，默默无闻，有的转战新的战场，有的归隐乡村田间。在阳泉解放的功勋册上，他们籍籍无名，没有留下更多的记载，但在历史的天空上，他们与那段血火岁月永在，执着而忠诚，隐秘而伟大！

隐秘而伟大！倏忽间，同名电视剧的片尾曲渐渐在耳畔响起："风将往事吹起，从眼前落到心底，曾经的欢笑泪水，历历犹新，那些燃烧的青春岁月，时常浮现梦里，那些真挚滚烫的誓言，从来不曾忘却……"

（写于2022年6月）

阳泉市德胜街　阳泉站旧址

烽火几度过雄关

关城上，五彩旌旗在风中猎猎作响；关城下，众女将擂动战鼓铿锵，迓鼓剧《大唐娘子军》浓缩再现了娘子军镇守娘子关的恢宏场景。

点兵、出征、凯旋，一路高歌，鸣金收兵。不知道那个铠甲威武、英姿飒爽的唐朝平阳公主有没有真的披挂上阵，率领她的娘子军铁马冰河攻城略地、刀枪剑戟浴血拼杀，倒是娘子关村的一块辛丑记事碑记载了八国联军入关时"炮雷弹雨，血肉狼藉，凄惨不堪言状"的景象，以及山西民军不敌清军炮击，弃关溃逃的狼狈。

"暗淡了刀光剑影，远去了鼓角争鸣。"千年以后，公主镇守过的雄关，却几经硝烟弥漫，几度烽火铁血……

那烽火，起于娘子关保卫战。娘子关，晋冀通衢，兵家必争。1937年卢沟桥事变后，日军疯狂向华北全面进军，声称3个月内灭亡中国。10月初，一部分日军由晋北南下，准备攻占太原；另一部分日军由河北西犯，准备从娘子关入晋，配合北线日军作战。为了保卫太原，中国军队在忻口、娘子关两个方向部署重兵阻击日军。10月12日起，国民党守军17师与日军20师团在娘子关外的雪花山展开较量，此后在旧关、乏驴岭一线阵地反复拉锯，数度易手。最终，在敌人飞机大炮的轰炸下，阵地相继失守。苦战14天后，日军占领了娘子关。这一战，中国守军投入50个团约10万兵力，付出了2.7万多人伤亡的代价，但，还是失败了。

在遮天蔽日的烽火硝烟里，弹痕累累的娘子关城楼上，那面千疮百孔的战旗黯然落下。

雄关失守，大门洞开，强盗横行。此后的岁月，日军在正太铁路沿线修碉堡、筑炮楼，抢夺资源，鱼肉百姓，山河再无宁日……

雪花山、娘子关、甘桃驿……太行山里一个个美丽的名字被烽火熏染。

那烽火，又起于百团大战。1940年8月20日晚，3颗红色信号弹腾空升起，划破太行山的暗夜，照亮娘子关城头，早已冒雨埋伏在青纱帐里的八路军晋察冀军区老5团在兄弟部队的配合下，向守卫娘子关的日军展开了强攻。云梯断了搭人梯，子弹打光了拼刺刀，终于在拂晓时分把胜利的红旗插上了关城。在牵制敌军、掩护其他部队完成破袭铁路任务后，老5团撤离娘子关。当时的《八路军军政杂志》上，一篇《出击正太路》的报道这样写道："21日黎明的时候，鲜艳的红旗，迎着东方灿烂阳光，犹如春天里飞掠的燕子一样，飘展在鲜血染红了的娘子关头。3年了，在敌人占领的3年中间，娘子关城头上，还是第一次插上祖国的旗帜啊！"

那烽火，再起于正太战役。1947年4月，还是以太原为目标，晋察冀军区组织3个纵队和地方武装5万兵力，从不同方向沿正太铁路向西推进。24日，晋察冀野战军3纵队主力相继攻下了娘子关周围的4个据点，一部兵力潜入磨河滩切断敌人后路，完成了对娘子关敌守军的合围。这一次，我军以猛烈炮火覆盖了娘子关，战斗到第二天下午，上千敌军在伤亡数百人后乖乖缴械投降。

10年前从城墙上坠落的旗帜，7年前短暂插上的旗帜，这次重新飘扬在雄关关头。这面旗帜，随着几天后的阳泉解放，再未落下，永远飘扬！

行走在蜿蜒的山路上，清风拂面。聆听着烽火雄关的前世今生，耳畔不时回响起密集的枪炮声，眼前浮现出一幕幕英勇抗敌、誓死卫国的悲壮场景。

站在太行之巅，遥望远方。那不是固关长城上的娘子关保卫战纪念碑吗？白色花岗岩堆成的梯形碑体，稳扎大地，直插云霄，碑顶的长城垛口像一排手挽手挺立的战士，站立成坚不可摧的铜墙铁壁！

那不是娘子关村南山上的革命烈士纪念碑吗？黑色花岗岩砌筑的三角形断面碑体，在蓝天下状如一面大旗、一把大刀、一支巨笔，抒写着烽火硝烟中荡气回肠的壮美篇章！

硝烟散尽，烽火远去。娘子关，沐浴着和平的阳光，以它雄伟的关、秀美的山、奔涌的泉，装点天地，扮美人间。只有城头上深深浅浅的弹痕，无声地诉说着那几度烽火里的泪水与屈辱、铁血与荣光……

（写于2022年7月）

平定县娘子关村　娘子关城楼

军号催征

"我是1948年3月参加西北野战军的，部队培养了我，教育了我，使我成长为一名革命军人，我为有幸成为359旅718团的战士而感到骄傲和自豪！"

这是共和国勋章获得者、时代楷模张富清与驻新疆某团90后官兵视频对话中的一段。

随着学习老英雄事迹的不断深入，有了一个令人惊喜的发现：张富清当兵的359旅718团，就成立于阳泉市盂县上社镇上社村！

初冬时节，一轮冷空气过后，气温稍有回升，太阳暖暖地洒在北方的原野，黄土阡陌，残雪消融，悄悄浸润着尚未冻结的土地。在镇武装部部长武文斌的指引下，我专程寻访718团这段鲜为人知的足迹，感受诞生于抗日烽火中的那份激昂、那份铿锵。

1937年7月7日，全面抗战爆发，中国工农红军改编为国民革命军第八路军，下辖115师、120师、129师，东渡黄河开赴华北抗日前线。120师359旅由于718团留守延安，亟须扩编壮大队伍。10月初，717团政训处主任刘道生带领战地救亡团从山西盂县来到河北平山县进行扩军。一个月后，1500名平山青年集结在洪子店村，组成了一个热血沸腾的平山团。随后，在一片锣鼓声中，乡亲们目送平山子弟离开洪子店，前往山西盂县上社359旅驻地。

这一天是11月7日，就在这支队伍跨过滹沱河，沿着太行山的沟沟壑壑一路入晋的同时，晋察冀军区宣告成立。经过整编，全部由平山县青年组成的新718团在上社诞生。

239国道上，一辆辆运送煤炭的载重卡车隆隆驶过。武部长告诉我，风坡山下的这片树林，就是718团当年的驻地。然而，岁月的风尘终究还是淹没了一切，我没有寻访到任何可辨的遗迹……

军分区政治工作处宋永强主任给我提供了2015年8月10日发表在《人民日报》上的一篇报告文学《寻找平山团》，文中提到"平山团告别家乡，到达山西盂县上社镇整训改编。"为了解更多的信息，我网购了女作家程雪莉的同名纪实文学《寻找平山团》一书。在《上社的大年初一》这一章节的开头，作家这样描述："山西盂县上社镇，平山团的驻地。1938年大年早晨，一片寂静。华北沦丧，村落已不燃鞭炮。平山团的战士们端起一碗白开水，加上几粒盐，再盛一碗红高粱米粥，就是大年的早餐。以往的大年初一，再穷的家庭，哪怕是红薯面、荞麦面的黑饺子，也总能吃顿饺子，没想到部队这样苦！离家不久的平山子弟，陷入了极度的思乡当中，许多战士吃着吃着就哭了……"

之后的文字记述了战士们在院子里分石榴、扭秧歌、比拳脚的片段。这是迄今为止我收集到的718团在上社仅有的文字记载。

一个月后的一天，嘹亮的军号在上社村响起，队伍开始集合，年轻的战士们打起背包，裹上绑腿，开赴晋西北，汇入抗战的钢铁洪流。就是这些为了没吃上过年饺子哭哭啼啼的小战士，在整编教育和战火洗礼后，迅速锤炼成一支能打善战的劲旅铁军——田家庄伏击首战告捷，上下细腰涧战役激战7昼夜毙敌600多人，被晋察冀军区授予"太行山铁的子弟兵"光荣称号，"子弟兵"由此成为人民军队的特殊情感称呼。再后来，718团随359旅回师延安保卫陕甘宁、进军南泥湾、南下豫鄂湘、中原突围、驻守新疆，一路征战步履铿锵……

718团整训开拔了，上社镇却惨遭日军蹂躏。风坡山上，日军修建了碉堡、炮楼，卡住了阳泉通往晋察冀边区驻地五台县的交通咽喉。队伍虽远去，但那一个个朝气蓬勃的身影已然唤起了民众的觉醒，点燃了老区军民奋起抗战的星星之火。

军号嘹亮，盂县抗日民主政府随后在上社成立，领导武委会、农救会、青救会、妇救会、儿童团等群众团体与侵略者展开斗争。军号催征，晋察冀军区19团、4团相继开进上社镇周围，围绕拔除风坡山据点，在鹤山沟、四楞山、兴道村连续围歼日军。上百次大小战斗，八路军与地方抗日武装并肩作战，让侵略者付出了惨重代价。军号不息，见证了英雄部队诞生于风坡山。在日军碉堡残迹旁边，一座盂县抗战纪念碑高高耸立，记录下屈辱历史，警世励志；铭刻着辉煌战绩，弘扬传承。

（写于2021年11月）

平定县巨城镇巨城村　抗战主题雕塑

壮　烈

一顶钢盔长伴少年英魂
一腔热血浸染脚下沃土
一哨风鸣卷起谍战狂澜
一墙英名列阵平民英雄
一处山崖托起不屈雄魂
一眼老井深藏铁骨铮铮
一抹血色辉映征途如虹
一堆青石堆砌无尽屈辱
一方墨盒盛满铁汉柔情
一杆长枪铸就热血辉煌
一股浩气使得天地动容
一棵古树目送兄弟英雄
一场祭奠沿袭世代痛楚

阳泉市旧街乡南沟村 抗战遗址

那顶浸血的钢盔

在夏日的北方山野，绿，自然是主色调。风动画笔，在大地起伏的轮廓上渲染出一幅绿意盎然的水彩画。

每次回到故乡，我总会把车停在村头，目光不由自主地望向那个山冈。那里，有11座坟茔；那里，埋葬着十五六岁的司号员小解放。

村委会办公室里，村支书小心翼翼地从柜子里捧出一个红布包裹，剥开一层层的红布，是一个锈迹斑斑的圆形铁壳子。只轻轻一碰，壳子边上的铁皮就剥落下来。村里人说，这是一顶钢盔，小解放就是戴着这顶钢盔走的。

在村中老人的回忆里，这个被誉为晋东"小延安"的红色村庄曾经发生过一段令人动容的往事。那年，有一支解放军部队在村中驻扎休整，准备攻打敌军炮楼。队伍里有个十五六岁的娃娃兵，是个司号员，整天背着军号，戴着一顶从敌军那里缴获来的钢盔跑来跑去。训练间隙，他经常和村中与他年纪差不多大的孩子一起玩耍，村里人都叫他小解放。

穿越历史的风烟，透过钢盔的斑斑锈迹，我恍然看到74年前那个暮春的早晨，部队吃过老乡做的疙瘩汤后，满脸稚气的小解放吹响集合号，跟着部队出发了。临走前他还不忘跟村里年龄相仿的小伙伴告别，相约打完仗回来再一起上树掏鸟窝、下河捉泥鳅……

然而，当远方的枪炮声渐渐停息，风中飘来的硝烟渐渐淡去；当阴沉的暮色渐渐吞没了那个血色黄昏时，从四面八方汇聚到部队出征时的骆驼场上的乡亲们被眼前的情景惊呆了：在默默肃立的解放军队伍前，是一排被民兵支前队抬回来的担架。在这场战斗中，11名解放军战士献出了生命，其中就有司号员小解放。

略显肥大的军装下，小解放的身体是那么单薄，他还是个孩子啊！当淳朴善良的村民给小解放整理遗容时，他头上的那顶钢盔却怎么也摘不下来，原来，年轻的血肉已经与钢盔牢牢地凝固在了一起……

带队的营长轻轻地抚摸着小解放血肉模糊的面庞哽咽着说，这顶钢盔是他的最爱，就让他戴着走吧！

就这样，这顶浸血的钢盔伴随着小解放，连同他的战友们一起被安葬在村西头的山冈上。

从我记事起，每年的清明节，村小学、中学都会组织大家到烈士墓祭扫，小解放的英雄事迹激励着一代代学生成长。

我中学毕业后，离开了家乡，加入解放军的行列，一身军装一穿就是30年。

后来我了解到，小解放随部队参加的那场战斗发生在1947年4月22日，晋察冀部队2纵队5旅15团2营、3营浴血奋战一整夜，于次日上午攻下敌军炮楼，扫清了阳泉外围之敌。

2014年，家乡重新修建烈士陵园，将11名无名烈士集中迁葬。当乡亲们打开小解放的坟茔时，赫然映入眼帘的竟然就是那顶钢盔！

时光荏苒，岁月漫长，家乡的那抔黄土已经与小解放的身躯相拥融为一体，而那顶锈迹斑斑的钢盔，依然与他紧紧相依，不离不弃……

这一次，乡亲们没有再让这顶锈迹斑斑的钢盔陪伴小解放，而是让这件珍贵的红色文物重见天日，陈列在即将建成的红色展馆，成为党史教育和国防教育的生动教材。

在告别军旅后迎来的第一个夏日，我沿着弯弯曲曲的小路，朝圣般登上那座山冈。烈士陵园周围松柏青翠，柳枝依依，无名烈士墓碑前，淡黄色的金鸡菊静静绽放。我把从那顶浸血的钢盔上脱落下来的一小块褐色铁片敬献到小解放墓前，让彼此继续生死相伴。

小解放，你知道吗？你参加的那场战斗是解放阳泉之战！你不会知道，在那之后阳泉解放并建市，成为中国共产党创建的第一座人民城市！

小解放，你知道吗？你的英雄事迹一直激励着乡亲们发扬光荣传统建设美丽家乡。而你长眠的这片热土，已经是阳泉远近闻名的红色教育基地——晋东"小延安"！

小解放，我不知道你的姓名，不知道你家在何方，但这片土地会永远记住你甜甜的笑容，回荡你激昂的号声，颂扬你清澈的爱……

（写于2021年5月）

阳泉市荫营镇辛庄村　红色纪念馆

牺　牲

登上平定县巨城镇寺岭梁的那一刻，出发时原本湛蓝的天空，忽然间云团滚滚，长空列阵，一半晴空一半阴。

站在巨城抗日英烈纪念碑下，仰望那如军刀般矗立的碑体，风过云飞处，我竟一时分不清究竟是刀锋利斩乌云，还是轻风缱绻英魂。

1944年3月的一天，就在这道梁上，巨城地下党组织抓住敌人的一次疏漏，联合县大队2连乔装成日军进入敌炮楼，一举全歼守敌，缴获大批枪支弹药，取得了我军无一伤亡的重大胜利。数天后，组织这次行动的巨城村党支部书记刘扣小，与长期潜伏在日军炮楼和伪自卫团为我提供情报的刘志忠、关长勇、刘庙喜、土玉祥、贾米洞等地下工作者，却被伪村长出卖被捕。他们虽受尽百般重刑折磨，但坚贞不屈，傲然走向刑场，惨遭日军活埋，壮烈牺牲。

同样牺牲在刑场的，还有平（定）西县抗日游击大队大队长葛尧臣。这位带领游击队员一夜之间把22里电线全部破坏，神出鬼没袭击日军控制的铁路线，配合八路军收集情报、俘虏日军的民兵英雄，成了正太铁路日军恨之入骨、重点悬赏搜捕的对象。被捕后，葛尧臣白天被敌人绑在电线杆上吊打、灌辣椒水，晚上被泡在马尿里。敌人妄图逼他说出游击队的情况，彻底"剿灭"地方武装。面对酷刑，葛尧臣大义凛然，宁死不屈。1941年闰六月十五，丧心病狂的日军把他和另一名被捕的战士押到一块玉米地旁，逼迫他们自己挖下半人深的土坑。屠刀落下，血染沃野。阳泉解放后，埋葬两位烈士的土坑才被人们找到，除了遗骨外，只剩下衣服上的几枚铜纽扣。

负责平（定）西抗日根据地教育工作的王瑞山，公开身份是老家苇池村的一名教师。1940年，由于叛徒告密，他被日军宪兵队抓捕，在遭受日军惨无人道的折磨后，被拖到野外的野狗群中……后来，家属只找到他身上那件血染的古铜色棉袍。

上荫营村村长史梦梅，当抗日烽火燃起后，毅然送儿子史万修参加了八路军。自己花甲之年，仍为抗日救亡奔波，积极募集抗战物资，发动青年参军报国。后来，他被本村汉奸出卖被捕，日军逼他合作，让他当维持会会长，遭其断然拒绝，托人给儿子捎去一个玉石烟嘴，以示自己"宁为玉碎"也不卖国求荣给日本人做事的民族气节。日军威逼利诱、严刑拷打无果后，将62岁的史梦梅残忍杀害。

发动平定兵变，带领队伍打出北方第一支红军正规军——红24军旗帜的军长赫光、政委谷雄一，分别牺牲在敌人的枪口和屠刀下，一个29岁，一个26岁。平（定）西县首任县委书记王鼎新、平定（路北）县第一任民选县长烙刚，在日军"铁壁合围"的空前大"扫荡"中，为保护党的机要文件，带领干部突围时牺牲，一个24岁，一个33岁。盂县北坡村民兵队队长魏考秀，利用给日军洋马山炮楼挑水送东西的机会，为八路军19团收集情报。被捕后他守口如瓶，拒不透露八路军的去向，牺牲时年仅28岁。盂县水岭上村红色女交通员孙林荷，当日军突袭村子时，为掩护区干部群众转移，挺身而出引开日军，牺牲时年仅17岁。

为了信仰，为了使命，为了胜利，为了解放，在这片热土上，许许多多的英雄，献出了他们年轻的生命⋯⋯

还有无数的阳泉儿女血洒异乡：1949年，平定籍川东军区团长李秀盛，在解放四川大邑县的战斗中不幸中弹牺牲，时年29岁。1946年，平定籍晋冀鲁豫野战军3纵9旅26团作战参谋冯庭楷，在山东巨野作战时遭敌机轰炸，壮烈牺牲，生命永远定格在23岁。冯庭楷烈士生前没有留下一张照片，但他写给家人的3封家书如今已成为珍贵的革命文物，被国家博物馆和中国人民大学博物馆永久收藏展出。信中那句"我万一不幸为人民战死，那也无须乎哭。你看，疆场上躺着的那些死尸，哪一个不是他妈妈的爱儿？"使得多少儿女泪洒衣襟啊！

还有无数的英烈马革裹尸，甚至没有留下姓名。一块块无名烈士纪念碑、墓碑，承载了多少热血少年的山海奔赴，又承载着多少无法泯灭的绝望抱憾！

"为有牺牲多壮志，敢教日月换新天！"

岁月啊，你带不走那一串串的姓名，人间一股英雄气在驰骋纵横⋯⋯

（写于2022年6月）

平定县巨城镇巨城村　巨城抗日英烈纪念碑

风起平东

月黑风高，树影婆娑。一个黑影闪过街角，蹑手蹑脚潜入马厩，从马鞍下取走一个布包，然后迅速消失在茫茫夜色里。

翌日早上，平（定）东县四区区公所驻地白灰村召开的区委扩大会议被一阵密集的枪声打断，60余日伪军突袭了白灰村。16名参会的区干部立即组织突围，枪林弹雨中，区长王一平、妇救会主任高品弟为掩护同志们转移，主动引开敌人的火力，先后中弹倒下。子弹从小腿穿过，高品弟血流不止，昏死过去。当赶来增援的部队打退了敌人后，高品弟已经奄奄一息，脸色苍白的她顽强地睁开眼，拉着区委书记李希泰的手急促地说："如果我不死，我还要回来和大家一起革命到底！如果我死了，请你们经常去看看我的坟墓……"这位23岁的共产党员，把青春的热血洒在了她组织妇女姐妹做军鞋、送军粮、护伤员，开展轰轰烈烈抗日斗争的土地上，带着无尽的遗憾，牺牲在送往后方医院的路上。

这一天，是1942年6月3日。

造成包括区长在内5名抗日干部牺牲的白灰事件，立刻引起平（定）东抗日政府的注意：严格保密的会议怎么会遭到40里外驻敌的突袭？瞭望哨、民兵岗为什么都没有发现敌情？经过缜密调查，白灰村李拽成的敌特身份浮出水面。原来，表面上支持抗日，暗地里却勾连敌人的李拽成，长期潜伏在根据地，暗中窥视抗日军民的一举一动。那天，当李拽成发现区干部陆陆续续回到村里后，就意识到肯定有重大活动。于是，他把写好的情报藏在马鞍下面，以到旧关送侄女为由，把情报传送给了敌人。

阴云笼罩在刚刚建立的抗日根据地，除了被策反投敌的自卫队队长、警卫队队长、司法科科长、组织委员、财政主任等人外，大量经过训练的敌特伪装成乞丐、商贩，渗透到根据地的各个角落，用抗日军民的鲜血换取功劳。

七区区委书记杨章炳，武装干部穆全和、李海昌等，相继倒在潜伏敌特的枪口下，大批抗日干部群众惨遭毒手。

针对敌特的猖獗活动，平（定）东县委、县政府迅速建立了敌工站、前方办事处，开展反渗透工作。调虎离山、关门捉贼、声东击西、浑水摸鱼等计谋轮番上演：一份故意泄露的假情报送到旧关村的敌据点，日伪军毫不设防地踩响了埋在槐树铺村外的地雷；一次精心设计的干部假整训，引诱敌人钻进了口袋阵、埋伏圈；武工队员岳小科千方百计混入敌据点，佯装叛变投敌，实则为我根据地收集传递情报，成为隐蔽在敌人内部的雪亮的"眼睛"。

山路弯弯，铃铛声声。绿水青山掩映的小路上，一头毛驴踏着黄土走过，骑驴的是一个年轻小媳妇，穿白大襟小布衫、油绿色裤子、五色鞋，头顶一块印花手绢遮阳。牵驴的是一个还略显稚嫩的小后生。

躲过村口敌人岗楼的严格盘查，穿过商贩云集的街道，绕过人头攒动的戏台后，小媳妇一闪身进了一处宅院。

这是1943年的夏天。这个"小媳妇"其实是平(定)东抗日政府所在娘娘庙村民兵联防队指导员李旦孩。原来，听闻驻东冶头村据点的敌人准备换防，为了及时掌握敌人的部署，李旦孩决定虎穴探秘。可是，由于民兵队伍接二连三袭击敌人，敌据点加强了防范，情报送不出来，外人也进不去。李旦孩灵机一动，趁七月初七东冶头村庙会人多之机，男扮女装从敌人眼皮子底下混了进去。

戏台上鼓乐铿锵，金戈铁马；戏台后波谲云诡，谍战正酣。在内线情报人员的配合下，"小媳妇"摸清了敌人的底细和布防。随后根据掌握的情况，配合八路军部队一举端掉了敌据点。

这是1943年的夏天。

滚滚年轮，风起风停。当我再次踏上这方红色热土时，当年风起云涌的战场已然找不到任何战争痕迹。无论是烽火硝烟中的一次次冲锋，还是蛰伏角落里的一场场谍战，都已隐入尘烟，随风远逝。

初秋，我默立于高品弟鲜血浸染过的土地，任由风儿吹迷了泪眼。她的遗言，在我心头回响；她的墓前，野菊花开满山冈……

那山那土，念念不忘。

（写于2022年10月）

平定县东回镇娘娘庙村　平(定)东抗日根据地纪念馆

英名列阵

这是盂县梁家寨革命烈士纪念馆中的一面英烈墙，偌大的墙面上密密麻麻地镌刻着抗日战争、解放战争中梁家寨浴血疆场的烈士英名。

王三只、崔四义、韩二米、梁进顺……仰望这面英烈墙，325个永远停留在战火中的名字是如此陌生。我不知道他们的面容，只看到他们牺牲时的年龄：18岁、19岁、20岁、21岁……眼前叠印着的，只有他们冲锋陷阵的年轻身影。

走出纪念馆，对面桃园人家采摘园里，远道而来的游客正津津有味地品尝着铁锅烙饼烩菜。驱车沿着滹沱河边的景观大道前行，波光粼粼的河面上，橘红色的充气船缓缓漂流；围堰池塘里，"接天莲叶无穷碧，映日荷花别样红"。若时间回到80年前，彼时的滹沱河沿岸，却是烽火连天的抗日战场。

乡里的郭倩娜副书记曾当过4年的武装部部长，她结合国防动员工作，将梁家寨老区人民的抗战历史牢记在心，把那些千辛万苦收集整理出来的大量抗战史料汇集在一起，建成了全市第一个乡级革命历史纪念馆。她指着车窗外高高的山峰说，那座山叫洋马山，因当年日军在山顶修筑碉堡、炮楼并驻守于此，老百姓恨之入骨而得名。今日，在上了年纪的老区百姓口中，这座山早已叫回原来的名字——窑圪洞槐尖。

为了拔除这个日军号称"华北五大要塞之第二堡垒"的据点，晋察冀军区19团两个连在民兵的配合下，与日军展开殊死搏斗。一时间山头上枪声大作，爆炸声此起彼伏。在日军重武器的压制下，一排排战士倒下，部队抬着牺牲战士的遗体撤退，而来不及抬走的9名牺牲战士永远留在了山上。

滹沱河水静静地流淌，流走了悠悠岁月，留下了遍地英雄。在这条河边，民兵梁双红、梁满银机智勇敢地将日军汉奸诱至河中铲除，他俩却被叛徒告密惨遭日军杀害；在这条河边，张家坪村武委会主任张开元遭遇日军被捕，他拒不说出八路军情况壮烈牺牲。

车子离开公路，驶过滹沱河上的石桥来到石家塔村。1939—1943年，由于盂县城及多数乡镇被日军占领，县委、县政府机关及县大队、县牺盟会、县青救会、县妇救会等重要机关转战到这个深山里的小村庄开展工作。

刚刚落成的抗战时期盂县党政机关旧址陈列室里，一段敌人的审讯笔录吸引了我：

问：你做什么工作？

答：我是八路军区长。

问：你的区公所在哪里？

答：我到哪里，哪里就是区公所，区公所就我一个人。

问：你为什么把我们背鸽子（指敌探背的通信鸽子）的人杀死？

答：我们是共产党，我们所做的就是抗日工作，那些认贼作父的汉奸卖国贼，当然要把他消灭。

被审讯的是石家塔村化名江冰的抗日区长崔巨义，被捕后，面对日军的严刑拷打，他坚贞不屈，慷慨就义，年仅26岁。

就在我们参观完展室走出院子时，正打扫卫生的崔双有老人告诉我们，老父亲在世时常念叨，日军大"扫荡"前夕，县党政机关撤离石家塔村时，妇救会主任芦醒因为有孕在身，行动不便，大家都劝她留下来，可她说："妇救会到新的驻地还要开展工作，我不能掉队！"于是在两位妇女干部的陪同下随队转移，然而就在赶往串岩的山路上，自知即将临盆的芦醒为了不拖累战友，让其他同志先走，自己藏身山洞分娩。最终，同志们没有等到她归队，至今生列未卜，尸骨难寻……

在盂县从事武装工作的8年间，我曾到过梁家寨乡的许多村庄，在大峪村、活川口村、吉古堂村，日军制造了惨绝人寰的大屠杀，这方土地上写满血泪深仇；在御枣口村、椿树底村、双枣铺村，留下了八路军的凯歌高奏，这方土地上凝结着坚如磐石的军民同心。

英名永载史册，历史告诉未来，当烽火再燃时，他们一定还是那么英勇，再一次出征，再一次冲锋……

（写于2021年9月）

盂县梁家寨乡石家塔村　盂县第一次县议会旧址

风吹过山崖

　　秋林的秋，在白露的节气里，还不是很深。农家小院里，红扑扑的苹果挂满枝头，晒在房顶的豆角稍显干瘪，刚刚打下来的核桃被剥去青衣，光溜溜地躺在阳光下，散发着鲜嫩的气息。

　　秋林的林，依然是茂盛的绿，无论是村前的坐佛岭，还是村后的马鞍山，都披着浓浓的绿装，苍松古柏相映入画。

　　村口大槐树下坐着的大爷见我停下车，隔着老远就对我喊："过了寒露再来拍照哇，那会儿山上红的黄的才好看！"老大爷并不知道，我此行的目的并不是赏秋，而是专程来仰望一处山崖，追寻一抹红，一抹悲壮惨烈的红。

　　天高云淡，秋阳杲杲。这个位于太行山叫作秋林的小村庄，一切那么宁静。

　　然而，就是在这里，80年前抗日烽火燃红了村庄，平定（路北）县委、县政府进驻秋林村，带领老区军民开展了轰轰烈烈的对敌斗争。烈士的鲜血也曾染红了这片土地，在一场战斗中，8位八路军战士被日军逼上悬崖，宁死不屈，纵身跳下，年轻的身体化作山的一部分……

沿着蜿蜒的小路，拨开齐膝深的蓬蒿，我沿着一段杂草覆盖着的碎石台阶而上，一座方柱形的纪念碑映入眼帘，黑色的大理石碑面，鲜红的五角星、"革命烈士永垂不朽" 8 个金色大字庄严凝重。纪念碑后的黄土崖下，8 位跳崖壮士长眠这里；黄土崖上，一棵嶙峋古柏苍然兀立。

1941 年，也是这样一个秋日，平定（路北）县大队和日军在秋林村后的马鞍山上展开了激战。敌人占据了东南掌最高峰，居高临下，凭借地形和猛烈的炮火，一次又一次地向我军阵地发起了进攻。县大队 2 连 3 排的 8 位战士被冲上来的日军截断了去路，战士们边打边退，被迫退到悬崖边。面对穷凶极恶的日军，战士们没有投降，而是义无反顾地跳下了 30 多米深的悬崖峭壁，选择把生命交给祖国的山河……战斗结束后，党组织和群众千方百计下到崖底，收殓了牺牲战士的遗体，就地埋葬。

枪声渐渐停息，硝烟慢慢散去，不知为什么，此后经年，这段跳崖壮举，一直被湮没在历史的烟尘中，只是在当地百姓中口口相传。直到多年后，当地群众才在秋林村的庙坡立起墓碑，迁葬烈士遗骸的时候，大家才知道，这 8 位壮士中，一位是河南的马锡芝，一位是河北正定的赵继秋，另外 6 位为无名烈士，他们姓甚名谁、年方几何、来自哪里，至今仍无从知晓。

坐在纪念碑前的台阶上，对面不远处，就是 8 位壮士跳崖的马鞍山。如今，上山的小路已经被茂密的灌木覆盖，我无法登顶感受山崖的高度、深度，只有让吹过山崖的风带去我对他们崇高的敬意……

关于抗战中跳崖的事迹，从小就从语文课本里感受过狼牙山五壮士的悲壮，那怒目圆睁、仇恨在胸、大义凛然、坚贞不屈的形象作为革命英雄主义的典范，深深地影响了一代又一代人。其实，在太行的一处处悬崖边，曾多次上演过一幕幕鲜为人知的悲歌绝唱：1940年秋，挂云山战斗中，区妇联主任、武装部部长吕秀兰带领民兵牵制敌人，掩护主力撤退，与 3000 多日伪军展开激战，在弹尽粮绝的情况下，她带领所剩4人纵身跳崖，以身殉国……1942 年，也就是在左权将军殉难的那次战斗中，《新华日报》（华北版）女干部黄君珏带领 10 多名同志分散突围，被敌人包围在一个山洞内，他们见突围不成，便抱定宁死不当俘虏的决心，冲出洞口，纵身跳崖，壮烈牺牲……

不知不觉，夕阳西沉，我走下台阶，驻足回望，纪念碑后面的黄土崖上，那棵古柏挺立，硕大的树冠四散开来。从下往上看，犹如一把巨大的伞罩在纪念碑上。山崖的下面，是一条以村名命名的隧道——秋林隧道，京昆高速公路穿崖而过。我想起村口老人含泪哽咽的话："那些小兵眼前身后都没有路了，只能跳，就跳下去了，宁折不圪溜（弯腰）！"是啊，如果不是弹尽粮绝、无路可走，他们一定会杀出一条血路，重新汇入战斗的洪流。

80年后的今天，通衢大道就在烈士长眠的山崖下，一直延伸向远阔山河，延伸到他们回不去的家乡……

（写于2021年9月）

平定县岔口乡秋林村　烈士陵园

又见山里红

那一片红，是挂在枝头的山楂红；那一抹红，是种在心底的英雄红。

沿着咀子上村北的水泥路蜿蜒而上，车窗外闪过的是一片片山楂林。正是深秋时节，漫山遍野的山楂树在风中摇曳，一颗颗红莹莹的果子从树叶间探出头来，在阳光下红得耀眼夺目。

在这座小山丘的最高处，在这片山楂林的最深处，是一座纪念园，松柏簇拥着的弧形纪念墙上，分4层排列着124块石碑，镌刻着西南旱乡在抗日战争、解放战争、抗美援朝战争中烈士的英名。

春天，山楂树开满洁白的花儿；秋天，山楂树结满红亮的果子。无论是赏花还是摘果的游人，都会不约而同地放缓脚步，放轻声音，仿佛怕惊扰了山间的英魂。一朵朵白的花，一颗颗红的果，静静地撒落在碑前，如同当年烽火硝烟里的泪滴与鲜血。

穿过山楂林，我站在羊脑山的圪梁梁上，这里曾是一道敌人总也绕不过去的山梁。那首民谣轻轻从云端传来："白菜帮绑上手榴弹，茭圪栏架起轻机关，东坡点炮西边喊，吓得鬼子满山窜。地雷战来麻雀战，村里村外地道战，开展游击战，打得鬼子蓝了眼。……"在日军必经的大路上，民兵游击小队总能让敌人踩上自制的土地雷。吃过亏的日军绕道后山梁，哪料机智的民兵队员早就摸到了情报，在山道上挖好坑、埋好雷，再撒上羊粪蛋蛋，铺上杂草，甚至画上牲口蹄子印记，然后隐蔽在地道里，听那轰隆隆的爆炸声响彻山梁。

穿过山楂林，我站在村前的大路上，这里曾是日军总也修不通的一条路。从盂县经平定到井陉一线，日军布设了许多据点，原来的乡间小路无法通行汽车，日军便筹划修建一条公路，方便运输武器装备和物资，于是强迫沿线村庄分段修路。白天，在日军监工下，村民们不得不敷衍应付磨洋工；到了晚上，待日军回了据点，民兵们便故意制造滑坡和塌方，阻断道路。就这样修了毁、毁了修，两年多也没修到代家庄。

穿过山楂林，我站在村外的山坡上，这里曾有一段侵略者总也垒不起来的石墙。日军对我抗日根据地实施疯狂"扫荡"和"三光"政策，更加激起了抗日军民的反"扫荡"斗志，对敌斗争星火燎原。日军为"强化治安"，逼迫村民组成民工队，采下山坡上、梯田边的青石，在据点控制区的地域交界线上修建封锁墙，妄图阻断根据地人员流动和物资运送。咀子上村民兵在县大队、基干游击队的组织下，展开了挖基、拆墙、填沟的反封锁斗争。乡亲们垒砌石墙时故意留下小洞，民兵们在夜幕掩护下用铁棍一撬，封锁墙便倒塌一段。直到抗战胜利，这面封锁墙也没垒起来。

村口的地垄旁，这里曾有一眼乡亲们总也忘不了的老井。那个漆黑的夜晚，县大队队长武银锁像往常一样带领队员去破坏日军的通信线路。大家有的放哨，有的上杆，有的盘线，配合默契。正当队员们放倒电杆、卷起电线准备撤离时，敌人发现电话中断，从炮楼里倾巢出动。刹那间，枪声呼啸耳边，火光照亮夜空，大家赶紧分头撤退。等翻山越岭回到村里后，队员们却始终没有等到他们的武银锁队长。直到多年以后，村民们在清理村外路边的一口枯井时，一具白骨才重见天日，白骨上缠绕着一圈圈锈迹斑斑的电话线。这是他们曾经朝夕相伴、出生入死的战友啊！……多少个寒来暑往，雨雪悄悄打湿井口，那莫不是苍天垂泪的呼唤？多少次叶绿叶黄，叶儿随风飘落井底，那莫不是乡情无言的轻抚？

　　云是天的过客，风是树的邂逅。英雄的抗争永远不会被后人遗忘，烈士的壮举永远在史册中铭记。

　　时光荏苒，80个春秋漫漫。这个当年的抗日根据地，如今已成为乡村旅游目的地，南来北往的游人，陶醉在绿色的世界，徜徉在红色的海洋。

　　山楂花开了又谢，山楂果青了又红。那道绕不过去的山梁，美丽丰饶；那条修不通的大路，已然成为乡村振兴的通衢；那段垒不起来的石墙，早已湮没于光阴的萋萋荒草；那眼忘不了的老井，永远激励后人把红色精神传承发扬下去。

（写于 2021 年 10 月）

阳泉市西南舁乡咀子上村　革命英烈墙

秋风起芦花白

又是一年芦苇黄，又是一年芦花白。代家庄村后的山梁上，知风草细细的叶片和狗尾草浅黄的穗子在秋风中轻轻摇曳，草木萧疏花凋敝。

脚踩沙沙作响的枯草，穿过荆棘灌木覆盖的小路，我的目光越过芦苇坡上一朵朵、一簇簇棉絮般的芦花，停留在桑树坪那座山石垒筑的小屋上。

就是这座低矮的小石屋，曾经是抗战时期秘密交通线上的驿站，多少抗日队伍、民兵队员在这里歇过脚，而在小石屋不远处，一位小战士的热血就洒在那里，长眠在冰冷的山石下，没有名字，没有墓碑，不知道他来自哪里。与小战士执行同一秘密任务牺牲的代家庄武委会主任郭尊恒，因找不到遗骸，没能被追认为烈士。

岁岁年年，年年岁岁，这片山冈上，草儿绿了叶鞘又黄，芦苇拔节、抽穗、吐花、飞絮，循环往复吟唱着一曲悲壮的挽歌……

那是1942年，也是秋风起芦花白的时节。村武委会主任郭尊恒接到上级指示，执行一项秘密任务：保护一位路过代家庄的重要首长住宿一晚，并在第二天将其护送出村。为此，郭尊恒带着民兵队员提前按照制定好的方案来到村后的山梁，一段段计算着通过的时间，一步步勘察着行进路线。仔细搜查过灌木林、小石屋和芦苇坡，确认安全后才返回村子准备启程护送。

就在这时，村外围岗哨紧急报告，驻东会里的日伪军正向代家庄逼近。村党员干部、民兵与县基游队负责保护首长的警卫班立即向后山转移。上到山梁后，首长看村民没有跟上来，便命令警卫班兵分两路，一路继续前行，一路与民兵回村组织村民转移。

与此同时，村里几百口男女老少刚出了村，就被赶来的日伪军重重包围，郭尊恒被押回东会里据点。多年后，我党在隐蔽战线工作的同志传回消息：郭尊恒经受住了严刑拷打，始终没有透露任何秘密，恼羞成怒的敌人在他身上绑上地雷，并惨无人道地引爆……

折返回村解救村民的警卫班战士在桑树坪与追赶上来的日军遭遇。激战中，一名小战士身中数弹，倒在血泊中壮烈牺牲。由于非常时期的特殊任务，小战士没有等来找寻他的战友，党组织也多年没有打听到郭尊恒的消息。

无名战士长眠代家庄，可代家庄的郭尊恒又在何方呢？在共和国的革命烈士英名簿上，我们找不到他们的名字，看不到他们的事迹，然而这片红色的热土没有忘记他们。乡亲们每年都来祭奠英灵，郭尊恒没有留下照片，乡亲们专门请人根据回忆给他画了像。

2020年，村里红色纪念馆开馆的那一天，一位耄耋老人在郭尊恒画像前泣不成声，长跪不起："爹啊，快80年了，我终于见到你的样貌了啊！"这位老人就是郭尊恒的儿子郭喜怀，父亲牺牲那年，他才3岁。

牺牲激起抗争怒火，热血唤醒男儿本性。在英雄的感召下，代家庄男儿纷纷壮怀激烈奔赴血火战场，征途如虹。

我置身纪念馆里，如沐浴赤色的洪流，一幅幅图片、一段段文字深深地刻印在我的脑海中。那不是平定（路北）抗日"三条龙"之一的戴德龙吗？作为区锄奸分团团长，他带领游击队员机智勇敢地铲除了一大批叛徒、汉奸和特务，日军特高课贴出布告，悬赏100块大洋想将其捉拿。那不是带领部队抗美援朝奇袭白虎团的郭尊荣吗？13岁就成为游击队员，把炸药包伪装在送粪的独轮车上，炸毁日军炮楼。还有郭景秀，在父亲被叛徒陷害致死后，积极抗日，带头参军，在白泉战斗中身负重伤致残，在太原战役中带领全连英勇作战荣立二等功。英烈墙上的16名参战热血青年，有4名血洒疆场；49名村民赶着自家的牲畜、抬着自家的门板组成支前运输队……

又是一年秋风起，又是一年秋草黄。正如那些小草般平凡而伟大的英雄，有了太行山老区红色热土的温暖滋养，待到一声春雷万物醒时，这座山、这道梁，依然会草木葱茏，灼灼芬华，再染春色……

（写于2021年11月）

阳泉市西南舁乡代家庄村　红色故乡纪念馆

沉默的石头

在大地上行走，光芒照耀我身后……

我沿着阳泉市境内的石太铁路行走，从西头的露梁山、草帽山、狮脑山，到东头的移穰、东塔堰、娘子关，一路寻访日军当年盘踞的碉堡、炮楼。

山冈上、河滩边、铁道旁，一个个碉堡、炮楼穿越历史的风烟扑面而来，在夏日灼热的太阳下泛着刺眼的白光，如同当年日军刺刀上那冰冷的寒光。

在桑掌桥汇合后，我随自由兵俱乐部的户外爱好者徒步6公里，登上了北垴村海拔1050米的露梁山山顶。拨开横长的荆棘，走过开满槐花的山坡，在山顶的最高处，一堆石头废墟进入我们的视线。断壁残垣虽然仅剩2米多高，但通过无人机的遥控器屏幕，仍然能够辨认出炮楼的"品"字形轮廓。通过旁边的一块宣传板，我们了解到，露梁山悬崖陡峭，地势险要，是横穿太行腹地、沟通晋冀大地的交通动脉——石太铁路、307国道的咽喉部位。只有控制山头这个制高点，山下的铁路线才是安全的。正基于此，当年日军占领露梁山后，用刺刀逼迫附近7个村的村民修筑了这个800平方米的3层炮楼，以及众多攻击性的小型碉堡、拉网式地堡等军事设施。

1940年8月，百团大战打响，为保障铁路破袭战成功，八路军129师385旅769团2个营在北垴村集结，对露梁山炮楼日军发起进攻，血战7个昼夜，70余名战士血洒山梁。7年后，解放阳泉的战斗中，盘踞露梁山的敌军负隅顽抗，晋察冀野战军与敌激战三天三夜，40名勇士壮烈捐躯。后在2门大炮的支援下，炮楼轰然倒下，变成一片废墟。

在移穰村西的瓜垴上，居然还完好地保留着一个日军防御阵地——碉堡群！日军侵占移穰村后，为加强对村边铁路线和岩会火车站的控制，强迫村民做苦役，修筑了由中心瞭望岗楼、东南北3个碉堡及2个暗堡组成的据点。每个碉堡都留有各个方向的射击孔，与隔河相望东山头上的炮楼形成交叉火力网，既保护了其控制的铁路线运送兵力、物资的安全，又阻断了晋察冀边区的往来联系。同时，为了方便长期驻扎，日军在碉堡群周围还配套了营房、伙房、弹药库、蓄水池、洗漱台等附属设施。

《移穰村志》里，一份1941年的村公所地亩账影印件上，用毛笔清晰地记着："以上共六名共退地亩拾亩零五分五厘。此地皆因日本修占，无现（限）期腾地养种，因此打退田亩。同众言定，日后如有不占此地，原归官中，照旧认上地亩……"

太行山上这一块块沉默而坚硬的石头啊，本来是建设家园的材料，却被用来垒筑敌人的碉堡；本来是春种秋收的良田，却任由敌人抢占践踏！

日军一次次从这青石垒就的碉堡出发，烧杀抢掠，制造了一桩桩惨案；日军的子弹一次次从这青石间的射击孔射出，八路军战士、民兵队员还有老百姓，倒在血泊中……

村里的邵书记凝望着一处碉堡的射击孔，喃喃地告诉我："我的一个本家爷爷就是被日军开枪打死的……"

日军侵占移穰村8年间，先后残杀村民34人，集体枪杀被俘川军士兵30人。时年19岁的邵庆，因身穿学生制服回村，被日军认定为抗日人员而枪杀；村民邵三毛被日军捆绑吊在树上供练习刺杀，被活活刺死；村民李狗妮背着母亲想逃出村庄，被日军当活靶子射杀。

血债累累，罄竹难书。

阳泉解放后，饱受摧残的村民没有按约定收回他们被抢占的田地，他们不忍心触摸那些石头，怕触碰那些痛苦的回忆。这些碉堡、炮楼就这样保留了下来，成为日军侵华罪恶的铁证。

尽管已是盛夏时节，但这些泛着白光的石头依然使我浑身发冷。青石无声，但我相信，那沉默而坚硬的外壳里，定然深藏着柔软而伤痕累累的心。

站在碉堡上，放眼望去，村外的百年铁路线上汽笛鸣响，一列满载煤炭的火车呼啸着穿越太行。瓜垅上的农田里，红薯苗已经栽种上，一行行绿苗整齐地排列着。过不了多久，叶蔓将舒展开来，给大地涂抹上碧绿的色块。黄土地下，邵书记说，一株苗下几斤薯，丰收在望！

（写于2022年7月）

149

平定县巨城镇移穰村　日军炮楼残址

团长的墨盒

　　我脑海里总有一股淡淡的墨香在萦绕、在回荡，挥之不去。

　　这墨香，源自盂县县委党史办原主任崔石头老师送我的一本书《永远的丰碑》。在记述19团团长刘桂云的章节里，我久久地凝视着一张照片，思绪飘远……

　　照片上一方小墨盒，木制盒体上用隶书刻着"刘桂云"3个繁体字，盒盖上刻的是远山近水、河岸凉亭、大树小草组成的山水田园图。

　　刘桂云是盂县老区人民家喻户晓的人物，作为晋察冀军区二分区19团团长，1942—1943年他带领部队在盂县与日军战斗，保护了人民的生命财产安全。一首当年广为流传的民歌唱出了老区人民对八路军的感情："英勇善战的十九团，和鬼子血战在四楞山，战斗打了多半天，消灭鬼子一百三，夺回咱羊群一千三……"

　　在盂县工作期间，无论是筹建武装工作史馆，还是编撰党史军史资料，刘桂云的战斗历程、辉煌战绩、牺牲经过，我都了然于胸。虽然翻遍史料也没有找到他的影像，但这个集铁血柔情于一体的团长，在我的脑海里是那样的鲜活生动，令人敬佩。

在我的心目中，他是个硬汉团长，身先士卒，奋不顾身。在伏击东京慰问团的战斗中，他赤膊上阵，用缴获的日军大刀手刃3个日军，缴获4辆卡车和28辆马车的大批物资。陈庄战斗中，他带领部队击毙日军第8混成旅旅长水原少将。为保卫八路军总部，他带领部队设伏，横扫日军一个团，缴获大批轻重武器，以及一马车近6万枚银圆。当他获悉敌军偷袭我盂县麻河驿粮站的情报后，连夜带部队驰援，连续打退日伪军17次进攻，歼敌200余人，保护了粮站所藏物资，保障了前方供给。

在我的心目中，他也是个柔情团长。在军中，刘桂云不仅以骁勇善战见长，还以爱护同志著称，战士生病他嘘寒问暖。对敌人刻骨的恨，对同志全身心的爱，是他鲜明的阶级感情。战斗间隙，他对学习抓得很紧，在自传中他曾这样说道："我自幼没有念过书，刚参加革命时，只知道埋头苦干，猛打猛冲……今后，我要求政治上的进步，努力学习文化。"他和战士们一起上识字班，他的文件夹里藏着一本《学生字典》，一有空隙便掏出来埋头学习一阵子。

凝视着这方刻着他名字的墨盒，我的眼前仿佛重现出当年的场景：在艰苦征战的岁月里，团长的衣兜里始终装着这个墨盒，一有空就和战士们一起练习毛笔字。短暂的战斗间隙，在场院中、小屋里，一定弥漫着醉人的墨香，一笔一画写满了对革命的信仰、胜利的憧憬和对生活的向往，而当集合号吹响后，团长和战士们迅速收起毛笔纸张，怀揣墨盒，继续冲向血火战场，直到有一天日军的子弹穿过他32岁年轻的胸膛，鲜红的血与浓重的墨一起流淌……

在刘团长牺牲70年后，我竟然意外地站在了他的牺牲地，与他跨越时空"相逢"。那是2013年4月15日，盂县西烟镇黑石窑村山上发生山林大火，当我带领民兵降服火魔坐在山头休整时，带领我们上山的老支书告诉我，附近就是刘桂云团长的牺牲地，还刻有碑。按照老支书记忆的方位，我们劈开荆棘灌木丛，在一处山体下发现了青砖砌成的挡壁。我用军用水壶里的水轻轻冲在石碑上，被尘土覆盖的"刘桂云团长牺牲地"几个模糊字迹清晰起来，仔细擦拭后，我敬了一个庄重的军礼。

下山路上，我驻足回望，刚刚经历过浴火战斗的山头，草坡已经焦黑，余烟尚未散尽。恍然间，如同回到团长当年的浴血战场。耳畔忽然回响起一首歌："我吹过你吹过的晚风，那我们算不算相拥……我吹过你吹过的晚风，是否看过同样风景……我吹过你吹过的晚风，空气里弥漫着心痛……"

盂县上社镇里独头村后的山坳向阳坡上，刘桂云烈士的坟墓就在这里。我伫立良久，那圆柱体的墓冢，不就是团长的墨盒吗？墓前那六棱柱体尖顶的纪念碑不就是团长手中锋利的枪和柔软的笔吗？

（写于2021年9月）

153

盂县上社镇里独头村　盂县革命烈士陵园刘桂云墓地

娘娘庙的枪声

车窗外，一眼望去，近处是山，远处还是山。

在平定县东回镇政府与娘娘庙村党支部书记崔建军会合后，我们向娘娘庙村进发。此行的目的，只为追寻那杆枪、那声枪响。

在不同版本的阳泉党史资料里，都记载着一个人和他的传奇。他叫李旦孩，是村里的民兵联防队指导员，他一杆枪大战围沟岩的传奇故事，在太行山老区广泛传扬……

夏日的阳光里，水泥盘山路像一条白色飘带，在葱茏的山岭间环绕。峰回路转，车子爬上高岭，又弯弯绕绕扎进山谷。令人惊叹的是，山坡上、山坳里，层层铺展开来的梯田，土壤并不是常见的黄土，而是微微发着紫红色，就连修路开出的山体，也呈赤褐色。崔书记告诉我们，这座山叫紫霞山，剥开上层就是偏红的矿石，所以这里的土壤肥沃富含有机物，一旦下雨，就会变成紫红色。当年，平（定）东抗日根据地就诞生在这里，从星火到燎原，燃遍晋东太行。

尽管时隔80年，乡亲们都还能亲切地叫出他的名字——旦

155

孩，随口讲出他的传奇——一杆枪大战围沟岩。

下车后，我们步行来到围沟岩，这里是一道天然形成的U形山梁，缺口处正对着日军来犯的方向，背后的山梁下则是平（定）东抗日政府所在地娘娘庙村。

1943年的冬天格外冷，呼啸的朔风吹过围沟岩上的灌木丛，沙沙作响。裹着棉衣的李旦孩和王殿打着寒战，蜷缩在山石背后取暖。忽然，王殿警惕地趴在地上屏住呼吸侧耳倾听起来："不好，有情况！"两人迅即起身，透过灌木丛悄悄观察，发现隐约有一队人马从沟里小路摸了过来。李旦孩立即让王殿回村通报情况，转移干部群众，自己则提着枪迎了上去。不一会儿，队伍近了，判定是日军后，李旦孩瞄准最前面的一个就开了火，一枪撂倒一个。为了拖住敌人，给群众转移争取时间，李旦孩心生一计，凭借对围沟岩地形的熟悉，居高临下，打几枪换一个地方，在U形山梁上来回穿梭。日军一看几个方向都有子弹射来，一时摸不透情况，以为进了包围圈，不敢贸然前进，四散隐蔽，乱作一团。直到王殿帮助转移完群众，带领民兵冲上来，敌人见势不妙，丢下几具尸体仓皇逃窜。李旦孩一杆枪大战围沟岩的英雄事迹在晋察冀边区传为佳话。一年后，李旦孩光荣地出席了太行区群英会，被授予民兵杀敌英雄称号，奖品是一支带刺刀的步枪。

后来，李旦孩带着这支心爱的步枪，调到县武工队当了1连连长。他带领武工队神出鬼没，前线英勇杀敌，敌后锄奸铲霸，威震一方，成了敌人的眼中钉、肉中刺。一次战后休整时遭敌偷袭，李旦孩为掩护战友撤退负伤被俘。在狱中，他虽受尽敌人的威逼利诱、百般酷刑折磨，但他宁死不屈。1947年4月，一声枪响，23岁的李旦孩倒在平定县南关城墙下，战星陨落，血染故土。

李旦孩家的老窑洞，至今还保留着原来的模样。在窑洞那盘土炕上，李旦孩的母亲得知他牺牲后，没有掉泪，只是默默地为儿子做好了新衣服，纳好了新布鞋，一针一线，缝进去母亲多少泣血的思念和牵挂、多少带泪的叮咛与嘱托啊！直到平定城解放，李旦孩的遗骸才从城墙下取出来运回家乡，母亲亲手给儿子穿上新衣新鞋，将他埋葬在他战斗过的围沟岩。

村委会办公室里，崔书记向我们展示了即将开工建设的红色遗址项目效果图。围沟岩上，红色飘带勾勒出火焰状轮廓，一支步枪雕塑傲然挺立；李旦孩家对面的空地是一座英雄公园，李旦孩持枪冲锋的姿态将成为永恒的雕像。

村中央的平（定）东抗日根据地纪念馆里，波澜壮阔的平（定）东抗战历史得到全方位展陈，当年抗日政府各部门驻扎过的旧址也正逐一修复……

离开娘娘庙村，车子爬上山梁，那层层红色梯田再次映入我们的眼帘。我不禁感叹于天地造物的神奇，感叹于这片神奇的土地，那遇水变红的黄土，那开山见赤的岩石，不正是侵略者铁蹄下的平（定）东人民久旱逢甘霖、八路军开辟抗战根据地润物细无声的真实映照吗?!

（写于2022年7月）

平定县东回镇娘娘庙村　李旦孩故居

为了不能忘却的纪念

秋染开花岭，谷黍低头吟……

驱车60公里，目的地是盂县南娄镇西南关村。

我为一个熟悉而陌生的名字——陈宜胜而来。多少次，我在地方党史和国防教育书籍中读到过他的事迹，可他总是那么模糊，那么遥远。

得知西南关村刚刚建成红色展馆和纪念碑，埋藏在我心底已久的念想瞬间被点亮。

村里的王书记带着我走进展馆，流连于橘黄色灯光照射下的展板墙前，我仰着头，屏息凝神，轻轻走进他的世界……

这是一张泛黄的黑白肖像照片，照片上的人身穿红军军衣，头戴五星军帽，剑眉飞扬，眼神凝重，嘴唇坚毅……1914年，陈宜胜出生于湖南茶陵县。1930年，在这个井冈山革命根据地的红色摇篮里，他作为进步学生代表，参加了工农革命军创建的红色政权——茶陵县工农兵苏维埃政府。在轰轰烈烈的打土豪分田地运动中，他喊着口号走在游行队伍的最前面，略显稚嫩的声音却透着高亢。这年冬天，他光荣地加入中国共产党。1934年，陈宜胜积极响应革命号召，参加了湘赣苏区红军。

这是一张手写诗句的翻拍照片。"为了革命把母丢，数年无音使母忧。一旦今日见相片，如同会面解忧愁。"漫漫二万五千里长征，走过雪山、草地、沼泽，挨过寒冷、饥饿、伤痛，少年红军陈宜胜从政治部秘书成长为红6军团保卫局科科长，在那个金秋迎来了陕北高照的艳阳。利用部队休整的时间，时刻想念家乡、想念母亲的他，在黄土高坡的窑洞里写下了这几句溢满思念的诗句，让薄薄的纸片连同那张照片，带着他对母亲的眷恋飞回家乡，飞到母亲身旁……

这是一张烈士陵园的墓碑照片。高高的六棱青石柱碑体，像一把军刺直指苍茫的天空。1937年，陈宜胜随红二方面军改编为八路军120师东渡黄河，挺进太行山抗日前线，作为八路军战地工作团的一员来到盂县开展工作，任盂（县）、平（定）、阳（曲）、寿（阳）、榆（次）五县特委（后改为四县中心县委）书记兼晋察冀军区四军分区七大队政委。12月26日，他率七大队20余名战士从盂县赴寿阳开展工作途中，在盂寿交界的西南关村与日军遭遇。在一场激烈的战斗后，因寡不敌众，他和战友们一同倒下，壮烈牺牲。中心县委和七大队在上社镇举行了隆重的追悼会，将他安葬在烈士陵园，他的战友们就地安葬在村边的松树坡。

走出展馆，踏着一级一级的台阶，我来到纪念碑广场，"天地为公震怒，战士为公泣血，草木为公含悲，风云因而变色，真不知何年再会亲人面，只落得默默英魂带血归……"镇党委、镇政府在专门为他和牺牲战友树立的丰碑旁，刻了古体赋碑记。

23 岁的年轻生命停止的那一天一定很冷吧！来自南方的他和并肩战斗的战友一起伏倒在冰冻的北方大地，青春的热血流淌着，久久不愿化作尘土随风而去。

仅仅开展工作两个多月，从激情飞扬的热烈到轰然倒下的静寂，他在太行山上的短暂时光，被山河铭记，永载史册。

曾经，他和战友们乔装打扮成农民、商贩、食客，宣传革命、散发传单，唤醒觉悟，发动商人出钱、地主出粮、团防出枪、农民出人，团结起抗日统一战线；曾经，他和战友们巧摆"鸿门宴"，一举解除了从前线溃退下来的八九十名西北军的武装，消除了潜在的隐患。

那个风雪冰冻冬天的罪恶枪声，带走了他和战友们的生命，却带不走他们留在大地上的英雄壮举。

如今，他的那封家书和照片，静静地躺在纪念馆里，引得多少后人驻足端详；他的英名，作为民政部公布的第二批 600 名著名抗战英烈，静静地躺在抗战烈士英名录里；他的铮铮忠骨，作为万众敬仰的英雄，静静地躺在烈士陵园里。

中秋时节，开花岭下的村庄边，谷子、黍子日渐丰硕，和煦的阳光，把丰收倒映在这片血染的土地上。

松树坡上，一座座坟茔后，松枝茂密，松树挺拔……

（写于 2022 年 10 月）

盂县南娄镇西南关村　红色文化纪念广场

飘不散的烟云

初冬，一场雪后，寒风吹过这道山梁梁，行道树的枯枝在灰色天幕上涂鸦，尚未消融的残雪，在收割完庄稼的层层梯田上，清晰地勾勒出大地的皱褶。骋上旷野，一片苍茫。

从山梁上的公路拐进去，沟里的村庄就是大西庄。我曾几次路过这个村庄，每每回望路边的牌楼，心里总是沉沉的，如同那条一直向沟底延伸的进村路。因为我知道，抗战时期，这里曾发生过一桩惨案，所以虽然我因走亲访友来过两次，但不忍去触碰那段惨痛往事。我努力避开那个伤痛，让一树一树红彤彤的苹果、一片一片绿油油的菜畦填满我的视野和心房。

而这次，为了寻访一位烈士，我不可避免地要近距离触摸那条历史的伤疤。

战友的老家在这个村，那天，他用微信发来一张革命牺牲工作人员家属光荣纪念证的照片。他说，烈士是他的二爷爷。于是，我们相约去追寻这张光荣纪念证背后的故事。

在一个农家小院的炕头，我们见到了这张皱巴巴的光荣纪念证，经年的岁月染黄了纸张，几处折痕也欲断。我们小心翼翼地打开它，这张由毛泽东主席签发，盖有中华人民共和国中央人民政府大印的纪念证上，用繁体字印着："查李德元同志在革命斗争中光荣牺牲，丰功伟绩永垂不朽，其家属当受社会上之尊崇。除依中央人民政府《革命工作人员伤亡褒恤暂行条例》发给其家属恤金外，并发给此证以资纪念。"

战友的亲戚介绍，李德元原名李洪通，1938年参军后改名，1940年在一次战斗中身负重伤，由于伤口感染，牺牲在白求恩医院，安葬于五台县的一个小山崖下。时光荏苒，然烈士的战斗历程已无人能够说得清楚了。

村中心小广场前有棵老槐树，静静地站了数百年。它目送着李洪通披红戴花奔赴抗战前线，迎回的却是一纸证书、一捧遗骨；它目睹了李洪通的大哥、共产党员李洪道带着乡亲们开展如火如荼的抗日斗争，也眼睁睁地看着他与乡亲们一同葬身于日伪军燃起的火海浓烟。

穿越时空烟云，再次回望。那是1945年7月23日（六月十五）清晨，东方刚刚露出鱼肚白，驻河底镇、牛村镇和西南异等据点的日伪军，突然从不同方向来袭大西庄村，一时间枪炮声大作。村抗联会主任李洪道迅速组织党员和民兵分散带领群众转移突围，他与一部分乡亲躲进了一孔窑洞里事先挖好的地道中。隐蔽的暗道是敌后根据地群众与敌周旋的庇护所，然而万万没想到的是，带队的汉奸崔四毛曾经是我抗日游击队的成员，熟知异上一带的抗战地道，被日军抓捕后叛变投敌。崔四毛带着日伪军找到地道口，断定里面藏着我抗日群众，便点燃了堵在洞口用作伪装的麦秸谷草，顿时火光冲天，浓烟滚滚。日伪军又找来树枝干柴，并用扇车往地道里吹烟。浩劫过后，陆续返回村里的民兵从地道里抬出58具罹难乡亲的遗体，其中还有3名孕妇……那一天，黑压压的浓烟，在村庄上空久久盘旋……

"忘不了六月十五那一天，日本人分五路一齐上了山，四周围又打枪又放炮弹，逼得咱老百姓往地道里钻，日本人使用了毒辣手段，地道口点着草垛架上扇车扇，红火苗黑烟雾吹进地道里，五十八口男女老少死得真可怜！"一首传唱70多年的民谣，唱不尽惨绝人寰的人间劫难！

那一天，距离日本宣布无条件投降不到一个月。可58条鲜活的生命，没能等来红旗飘扬的欢呼时刻，倒在了黎明前的暗夜。

弟弟李洪通血洒抗战前线，哥哥李洪道长眠抗战后方。无论是一个人的牺牲，还是一群人的罹难，永远都是大西庄村无法愈合的伤痛。

走出农家院，我们来到六一五惨案遗址。黄土崖下挖成的地道口还保持着当年的模样，青砖垒砌的纪念墙被设计成从中间断裂的造型，一块巨大的日历牌永远定格在1945年7月23日，星期一，农历乙酉年六月十五。

寒风里，我们用一捧白雪祭奠李洪通血洒疆场的英勇，祭奠李洪道倒在地道的悲壮，祭奠那刺眼火光和黑色烟云里消逝的一条条无辜生命……

（写于2021年12月）

阳泉市西南昇乡大西庄村　六一五惨案遗址

寂静的山村

有一个特殊的日子，张家垴人永远不会忘记。有一场全村人的祭奠，张家垴人延续了80年。

每年腊月十五的清晨，村民们都会自发来到村中的小广场，点燃香烛，摆上贡品，祭奠那个血色清晨罹难的49位乡亲……

花篮上，一簇簇黄花轻轻摇动，传递着无声的泣告；人群里，一朵朵白花静静聆听，感受着滴血的心痛。

1941年1月12日凌晨，日军突然包围了盂县张家垴村，制造了骇人听闻的张家垴惨案。

初冬的阳光，惨淡地洒在寂静的山村，朔风凛冽，吹动着树梢仅剩的几片黄叶。行走在村里的街道，我的心是那样沉重。我不由得放慢脚步，生怕踩碎那份宁静，踩疼那倒在血泊里的冤魂……

我来到那个灰砖黛瓦的四合院，那是村人自筹资金，在原小学校舍的基础上布置的惨案纪念馆。刺刀、枪口、火光，狰狞、凶残、暴行……黑白线条，简笔勾勒，一幅幅手绘的惨案场景，向人们展示着整个村庄的血色记忆。

我来到打谷场，这里是曾经的屠村现场。日军将全村百姓驱赶到这里，让男人站在一边，女人跪在一边，四周架起机枪，闪着白光的刺刀和黑洞洞的枪口对准了手无寸铁的乡亲。日军在挨个逼问八路军和游击队下落无果后恼羞成怒，大开杀戒，年仅17岁的王香莲被日军轮番蹂躏后推进火堆；怀抱小孩的妇女付登梅宁死不从，倒在刺刀下；怀有身孕的张林妮被挑破肚子……当年的打谷场，如今已铺上了水泥，竖起了国旗杆，建起了党旗墙，成为开展爱国主义教育的国防广场，但我知道，坚硬的水泥层下，那厚厚的黄土曾被鲜血浸染。

我来到火烧院，这里曾是人间炼狱。日军将青壮年男人驱赶到广场旁边张兴孝家的大南房中，堆上秸秆、柴草，泼上汽油。顷刻间，冲天的浓烟漫卷着烈焰，在冬日的天空下如狂魔肆虐，41条年轻的生命葬身火海……尽管历史的风烟早已远去，但目光所及之处，断壁残垣上还残留着被火烧过的痕迹，空气中仿佛还弥漫着呛人的烟味。

我来到惨案幸存者张来光家，老人哽咽着用嘶哑的喉咙一遍遍地喊着："我不到一岁就没了妈，都不知道她长啥样啊！"惨案发生后，当人们找到张来光时，他正趴在妈妈冰冷的遗体上吮吸着奶头，稚嫩的小手无助地挥舞着……

鲜血浸洇土地，火光激发斗志。英雄的张家垴人没有被日军的暴行吓倒，大难过后，在八路军和抗日政府的帮助下，幸存的张家垴人掩埋了罹难乡亲的遗体，擦干眼泪重建家园。武委会、农救会和青救会积极配合八路军传情报、埋地雷、袭军车、毁公路、除汉奸；儿童团利用烽火台、消息树，及时报告敌情；妇救会组织妇女通宵达旦为八路军战士纳军鞋、补军衣、做干粮，全力支援抗战；抗联会组织互帮互助、开展减租减息和生产自救活动，张家垴成了远近闻名的抗日模范村。

赓续革命传统，传承红色基因。在村民兵连部，一张黑白大照片映入我的眼帘：一名女民兵盘腿紧锁树干，举枪瞄准射击，树下4名背着步枪的女民兵认真观摩。这是拍摄于1969年的照片，正进行攀高射击演示的女民兵叫张爱英，曾在山西省民兵比武中获得射击第一名。照片的旁边，一面写有"张家垴女子民兵班"的旗帜鲜艳夺目。一身迷彩服的班长张洁向我介绍，以惨案纪念馆解说员为主体组建的女子民兵班在县人武部的指导下，积极配合军地开展国防教育、征兵宣传，成为新时期国防动员战线的一支重要力量。

我曾经几度来到这个小山村，寂静，是我对它最直接的感受。尽管在这里举行的山西省国防教育示范基地授牌仪式上红旗招展，尽管在这里举行的电视剧《太行红缨枪》开机仪式上锣鼓喧天，但，我的脚步依旧沉重而缓慢。

广场旁边的那棵老槐树，见证了惨案的发生。据村里老人说，每到罹难日这一天，老槐树深深的折皱里，都会隐约渗出红色的液体。

那不就是那天冲天燃烧的火光吗?! 那不就是那天喷涌迸溅的血色吗?!

那火光、那血色，涂抹在永世不忘的史册上，滴答在永不磨灭的记忆中，流淌在永远传承的血脉里。

（写于2022年12月）

盂县路家村镇张家垴村　张家垴惨案遗址

敬　仰

一树芬芳回味军民情深

一张照片凝固如磐信仰

一种感怀铭印铁血丹心

一幅地图标定红色追寻

一次寻访定格老兵青春

一抔黄土拥抱烈士回家

一羽白鸽告慰山河无恙

一念触动开启心路苦旅

一碗土味盛满军民情深

一丝牵挂只为史册永存

一样情愫心中永不褪色

一盏灯火引领魂归故土

一封家书写满家国情怀

一篇碑记刻满永恒怀念

阳泉市旧街乡南沟村　狼峪抗战英烈纪念碑

共生树

在革命老区梁家寨乡椿树底村一处古朴的小院门前，生长着两棵既普通又特别的树。说它们普通，是因为桃树和花椒树都是北方常见的树种；说它们特别，是因为两棵树并肩生长，相互缠绕，彼此依偎，紧紧拥抱……

第一次见到这两棵树，是两年前陪同国防教育委员会首长一行考察红色遗址保护利用工作。老一辈革命家朱德、任弼时曾在此小院居住过，而且还留下了一段佳话。

据《盂县军事志》记载，1937年10月22日，朱德、任弼时率八路军总部100余人从五台县南茹村出发，当晚到达盂县梁家寨乡椿树底村夜宿时任村长梁佩印家的老宅，还对当时的富绅梁家兄弟进行了抗日宣传教育。

走过一条条石头砌的小路，绕过一面面石头垒的院墙，穿过石头搭建的院门，我们一行径直走进那个小院。正房是3间砖木小楼，1层砖石砌，2层圆木建，虽然屋内陈设简陋，但那粗壮圆润的立柱横梁、规整大气的木雕窗棂，无不透出经年的质感和历史的厚重。

听着乡武装部郭部长如数家珍的介绍，我的思绪仿佛穿越时光的烟云，回到那个秋渐深的夜晚：朱老总与梁家兄弟盘腿坐在土炕上，畅谈抗日救国理想。

"政委，您看这两棵树！"了解完这段红色历史，我们走出小院，正当我回望那座木楼，还沉浸在当年的情景中时，郭部长一句话把我拉回了现实。

"一棵桃树，一棵花椒树，同生共长，是不是很特别呢？"

我眼前一亮，心中一阵惊喜。小院门前的一个石砌小平台上，两个树坑紧挨着，两棵相隔1米多的树，却倾着身子，向着对方的方向生长！蜿蜒的树干，像舞者健硕柔韧的姿态，而生发出来的枝丫，却似无数条奔放的手臂伸向对方，抱在一起，你中有我，我中有你。根，紧握在地下；叶，相触在云里。

彼时，虽是人间四月天，但桃树尚未开花，花椒树在萌芽，树叶还不是很茂盛。两棵清瘦的树，枝干嶙峋突兀，也正因为如此，它们相依相偎的树冠才更加清晰，它们互相交融的枝条才更显深情，好一对儿共生树！

我蹲下身，用手机拍下这两棵树拥抱的合影。陪同考察完毕，在返回的车上，我饶有兴致地把照片发到朋友圈，有调皮的朋友留言："期待夏天花椒味儿的桃子和秋天桃子味儿的花椒。"

虽然因时间关系，对两棵树的来历未及详询，但它们一土共生、相伴成长的模样却时常出现在我的脑海。

适逢全党全军开展党史学习教育，利用一个假日，我再次驱车百公里来到椿树底村，探访那对共生树。

端午刚过的夏日，小山村掩映在满目葱茏中。还是那条石头小路，还是那个石头台子，此时的桃树，枝头挂满了毛茸茸的青桃子，花椒树也长出一簇簇翠绿的花椒果。据村中老人说，这两棵树已有六七十年的历史，没有人刻意栽植，是从石缝中自然长出来的，后来村民们围起坑、填了土……

　　当年，朱老总住过一晚的小院木楼，历经80余年风雨侵蚀，依旧巍然挺立，完好如初。

　　听村民说，八路军部队纪律严明，不拿群众一针一线。那时正值秋收，家家户户晾晒的核桃竟一个也没丢。

　　听村民说，正是因为接受了朱总司令的教育，在平型关大捷后，梁家弟兄为解决部队供给，捐出500块大洋、5万斤粮食支援八路军。

　　那个80多年前的秋夜，小院木楼的灯光，一定点燃了太行山老区群众抗日救亡的信心和希望，一定给这片土地孕育了军民团结同生共长的无穷力量！

　　许是自然巧合，应为万物有灵。当年，在这个小院外，两棵树不同的种子，却在同一方土地上紧挨着扎下根来，共同发芽，共同成长。在此后的岁月中，阳光雨露下一起欢笑，风霜冰雪里相互支撑，年年岁岁，不离不弃。

　　我想，不久后，当青色的桃子和花椒脱下绿衣，披上红袍，来参观红色遗址、聆听党史故事的人们，肯定会一遍遍地回味朱德、任弼时向群众宣传革命道理时的场景，一遍遍陶醉在花椒味儿桃子、桃子味儿花椒的芬芳里……

（写于2021年6月）

盂县梁家寨乡椿树底村　共生树

在一张黑白照片前的沉思

锦缎的长袍、时髦的礼帽，高大魁梧的身躯、冷峻坚毅的面庞，这是一张珍藏在红24军纪念馆里的黑白照片。照片上的人是红24军的首任军长赫光。

初识这个名字，是在《阳泉日报》上。多年前，报社曾组织过一次重走红24军征战路线的采访活动，并在报纸上连载报道。那时，我才知道，在我们阳泉，曾经有一个叫赫光的共产党人，在国民党军队中发动兵变，在盂县打出红军旗帜，转战阜平后成立了华北第一个县级苏维埃政府，后来中了敌人的圈套壮烈牺牲。

赫光的征战是短暂的，但他的人生如夏花般灿烂，也如秋叶之静美。

在筹建红24军纪念馆的日子里，在当年采访组成员王伟、李德平、崔达道等老师的大力支持下，原本在军史中只有短短几行字记载的红24军历史，渐渐清晰、丰满起来……

穿越久远的时光，透过历史的烟云，我们再次回望、走近这位烽火英雄……

赫光原名万锡绂，1902年出生于宁夏固原。1931年7月4日，在中共山西特委的直接领导下，作为早期打入国民党部队的中共党员，赫光策动驻扎于山西平定县的正太护路军高桂滋部的1200名官兵起义，这就是震惊华北的平定兵变。经过一整夜的作战行军，起义部队来到盂县清城村。宣告成立红24军，赫光任军长。

随后，红24军势如破竹，一路征战五台、平山，最后在阜平县创建了华北第一个县级苏维埃政府。年轻的赫光与红24军的将士们献身理想，打土豪分田地，招兵买马，传播马克思主义真理……

红24军在北方燃烧起熊熊火焰，国民党闻之惊呼："北方之朱毛，较之江西有过之而无不及也！"遂急令全力"围剿"。于是，一场扼杀红24军的鸿门宴上演。经验不足、急于求成的红24军放松了警惕，一步步走进了敌人设下的诈降圈套。狡诈的敌人射出了罪恶的子弹，赫光身中数枪，高大魁梧的身躯轰然倒地。29岁的赫光，血洒疆场……

凝望着这张黑白照片，我陷入沉思：从照片上赫光的穿着来看，他的家庭条件应该不错，他为什么会选择从军？在赫光老家采访过的王伟告诉我，赫光确实出身于地主家庭，家境殷实，从小聪慧好学，抱负远大。受共产党和进步同学的影响，当他看到军阀混战，周边穷苦人没路可活的时候，便再也坐不住了，一定要出去寻求革命真理，拯救劳苦大众。

明知妻子怀孕，为何他却不等孩子出生便离家远行，而且还隐姓埋名？后来，我在李德平的《红星照耀北国》一书中了解到，从迈出家门的那一刻起，赫光就抱定了视死如归的决心。不等孩子出生，是他怕拖住远行的脚步；化名，是为一旦自己出了意外，家人不受牵连。以至于在他离家后，妻子直到临终都没有再见过他一面；以至于在他牺牲后，未曾见过面的儿子52年后才到他墓前哭喊出："爸爸，我是您从未见过面的儿子！"

在被敌人包围，意识到是敌人的阴谋诡计后，明知身处绝境，但他为什么临危不惧，慷慨赴死？我想，年轻的赫光，必定是一腔热血，解劳苦大众于苦难的理想信仰支撑着他。

后来，在井冈山小井烈士墓前的一堂现场教学课上，我找到了答案。那堂课的结尾语是这样的："什么是信仰？信仰，就是把生命交给自己认定的事业，无论艰难险阻，不管成败。什么是信念？信念，就是信仰的坚守和执着，明知前途也许坎坷，道路也许曲折，但，永不言弃！"

追寻革命理想，赫光，似一道赤色之光，划破黎明前的黑暗，照亮了北国的夜空。他领导创建的红24军，点燃了北方革命斗争的星星之火，用鲜血和生命诠释了一个共产党员执着恒久的信仰、忠贞不渝的信念和坚守如磐的初心！

（写于2021年6月）

盂县人民武装部　红24军纪念馆

心碑·丰碑

你的名字，在我的少年时光里，耳熟能详；

你的故事，在我的家乡，妇孺皆知；

你工作过的窑洞，至今老乡们还悉心维护着；

你的名字，叫岳勇……

演播厅里，大屏幕上播放着关于你的一帧帧画面，音响里如泣如诉的背景音乐和你英勇就义的场景，刺痛每一位聆听者的心。

这是一场主题为"红色故事我来讲"的演讲，故事的主人公是80年前被日军残忍杀害的共产党员、抗日区长岳勇。

在我身体的广场上，矗立着一座丰碑，而你的名字，早已深深地刻印在我的心碑上。

走出演播厅，却走不出你的故事。我穿过盛夏太阳炙烤着的钢筋水泥丛林，我穿过入伏热浪蒸腾着的车水马龙，循着你的足迹，一路追寻……

我回到你工作的地方、我的家乡——辛庄村。那几孔窑洞，还是那时的席片马灯，陈设简陋。那时，身为平定（路北）县抗日政府四区区长的你，经常在这里组织大家秘密开会，商讨对付日军的策略，明亮的眼眸里满怀对胜利的憧憬。我弓着腰钻过那条通往后山的暗道，多少次，当对面牛望山上的消息树一倒，窑洞顶上瞭望口放哨的民兵就知道敌人又来"扫荡"，你和战友们就是从这条暗道安全撤离。然而，这一次，你还是晚了一步，出了暗道，刚刚上了小槐树梁，就被带队的叛徒认出来……

我在这条路上徘徊许久，无数次设想，如果时光可以倒流，会不会是另一番情景呢？

假如，我们的民兵能够早点发现日军的行动，你就可以像往常一样轻车熟路转移。

假如，我们的抗日群众能够早点发现潜伏在你身边的叛徒，你就可以不被出卖，继续战斗。

在我的心底，你是神一样的存在。你机智勇敢，锄奸杀敌，让敌人吓破胆；你传播革命理想，组织抗日群众，让红旗漫卷。你从这个小山村路过，点燃了革命的星火，乡亲们高举你的火炬，燎原成"小延安"抗日模范村的熊熊烈火。

我来到你牺牲的地方万子足村，为了让你低头屈服，敌人也曾百般"柔情"：把你的父亲、岳母、妻子和两个孩子都"请"来，妄图用骨肉之情融化你的刚强。又派你的大姐夫、未出五服的侄儿，还有你的乡党旧识、汉奸走狗轮番上阵，威逼利诱。面对至亲至爱的家人，面对形形色色的说客，你始终不为所动，因为你知道，一旦屈服，敌人必定大肆宣扬，必定会动摇民众抗日的决心，你担心刚刚建立起来的敌后根据地失去精神支撑。为了让你俯首投降，敌人更是对你实行了百般暴行。头朝下把你吊在院里，往你身上泼凉水，那可是滴水成冰的天气啊！蘸水的皮鞭每天都在你身上肆虐，你一声不吭；往你嘴里灌煤油、辣椒水，往你手指里钉竹签，你紧咬牙关；被烧红的火柱捅进胸膛，你淡然置之；10根7寸长的大铁钉把你的双手钉在门板上，你始终高昂着不屈的头颅。最后，气急败坏的敌人抡起铁锤砸向你……就这样，你倒下了。那年，你才40岁。

我来到你出生的地方岳家庄村。戏台旁的大槐树下，你的晚辈乡亲们告诉我，你原名张步瀛，从小不仅酷爱读书，而且还特别喜欢习武，精忠报国的岳飞是你的偶像。参加革命后，你便改名岳勇，在你的影响下，此后从岳家庄动员出来的抗日干部，也都从"岳"字上改姓，起名岳忠、岳真……很多人后来都成了党的活动骨干、抗日英烈。村中老宅院，乡里为你建起了纪念馆；村头山冈上，县里给你立了纪念碑。通往纪念碑的小路两旁，18棵松树苍劲峻拔，仿佛你当年带出的革命队伍，默默守护着你，守护着这片土地……

在你的家乡，你的名字被永久镌刻在丰碑上；在我的家乡，乡亲们也用心为你雕刻了一座纪念碑。你的名字，刻在大人们的述说里，刻在孩子们的诵读里，刻在一代代人怀念的心碑上。

山河已无恙，英魂且安息！

（写于2021年7月）

平定县岔口乡岳家庄村　岳勇烈士纪念碑

追寻在太行山上

　　这是一张特别的交通图，纵贯山西、河北、河南的太行山脉，69个县名被一个个红圈圈定，一条条国道、省道被蓝线连通，一个个地名被插上小红旗。就是这张地图，引领者老苑踏遍800里太行，苦苦追寻心中深藏的那一块块碑。时隔15年，当我再次见到这张地图，与老苑一同回望他的那段"长征"时，80岁的老苑依旧心情激荡，眼放光芒……

　　老苑名叫苑桂生，原是一名公安干警。2001年退休后，一直深埋老苑心头的种子迅速发芽生长——他要走遍太行山，拍摄纪念碑和烈士墓碑！

　　太行山是八路军抗击日军的主战场，30多万热血儿女为此献出了生命。昔日抗日烽火燃太行，如今青山不语慰忠魂。60多年过去了，还有多少鲜血凝成的纪念碑和烈士墓碑散落在荒山野岭？还有多少抗日英烈故事不为人知？

　　于是，老苑查阅大量资料，弄清了太行山抗战中大小战斗的发生地，掌握了可能存有纪念碑和墓碑的大体位置，并在地图上标注好路线，开始了一次特殊的"长征"。

185

寒来暑往，日月更替，当别人畅游名山大川消闲享受时，苑桂生却一头扎进穷乡僻壤，流连于陵园墓地……滚滚奔流的漳河水、斧削壁立的太行山，见证着他迎着朝霞跋涉、披星戴月赶路的执着信念。

就这样，从平型关大捷的发生地到狼牙山五壮士跳崖处，从击毙日军"名将之花"阿部规秀的雁宿崖到左权将军殉难的十字岭……苑桂生用4年时间，行程2万多公里，走访了69个县市，收集抗战史料数千万字，拍摄了5000余张纪念碑和烈士墓碑照片。

随着寻访和拍摄的深入，一个个血与火的历史片段展现在苑桂生眼前：1937年12月，晋察冀军区第四军分区七大队政委陈宜胜带领20余名战士从盂县赴寿阳途中与日军相遇，虽浴血奋战，但终因寡不敌众全部血洒疆场。1939年9月，由于叛徒告密，日军集结一个大队的兵力突袭黎城县广志山上的八路军第三后方医院，担负警卫任务的42名战士和民兵壮烈牺牲。1942年5月，为掩护八路军总部转移，警卫部队在阳曲山沟谷与日军顽强拼杀，战后当地群众将210名烈士遗体埋葬在山坡上……

踏遍太行，追寻英魂。

寻访归来的老苑举办了一次特殊的展览：140幅16英寸的照片，没有一张是彩色的，照片上也没有一个人影，在棕色相框里，只有一块静默肃穆的纪念碑和烈士墓碑……墓碑无声，却诉说着一个个惊天地、泣鬼神的英雄壮举；观者无言，但每个人的心灵都受到了震撼和洗礼。

那时，作为军队新闻工作者的我，被老苑的追寻深深震撼，连夜将他的事迹写成稿件，相继在中央人民广播电台、

《解放军报》《中国青年报》《山西日报》等军内外媒体播出、发表。

老苑心头总是沉甸甸的，他忧虑——太行山区的好多县还没有像样的烈士陵园；他忧虑——许多抗战烈士的遗骸还散落在荒山野岭；他忧虑——烈士渐渐被人淡忘了，全民的国防意识亟待加强……

于是，老苑向民政部建议设立烈士公祭制度，为修建娘子关保卫战纪念碑多方奔走呼吁。我则通过新华社解放军分社，将老苑的建议写成内参，新华社《国内动态清样》刊发后，全国人大王汉斌副委员长亲笔批示予以关注。

2011年，由军委原副主席迟浩田亲笔题字的娘子关保卫战纪念碑落成。2013年，《烈士纪念设施保护管理办法》出台。2018年，《中华人民共和国英雄烈士保护法》发布，将每年9月30日定为烈士纪念日……

多年后这个初秋的下午，当我告诉老苑，国家退役军人事务部正开展全国县以下烈士纪念设施管理保护专项行动，山西省也在推进晋察冀、晋冀豫、晋绥三大革命文物片区保护利用工程时，老苑欣慰地连声叫好："那些烈士纪念碑再也不会被损坏、遗忘了……"

告别老苑，走在夕阳余晖下的街头，我想，一个人，如果能够以一己之力，推动一个时代的进步，并在一个时代留下自己的印迹，那应该是无比欣慰的。

老苑，应该欣慰。

（写于2021年8月）

阳泉市狮脑山　百团大战纪念馆

86个军礼

86张照片，86位老人，86个军礼……

时至今日，始于两年前的"老兵军礼"专题摄影展，依然不时地走进机关、走进企业、走进社区、走进农村、走进学校、走进军营。

作为一名从军30年的退役军人，对于军礼，我再熟悉不过了。穿军装，行军礼，是军人的日常。右手五指并拢，拇指贴于食指，手掌沿右胸向上划过的同时迅速抬起右臂，手指指向太阳穴……敬礼！新兵训练第一课，班长洪钟般响亮的口令已然内化于心、外化于行，指挥着我的每一个军礼动作。

然而，那86个手指弯弯曲曲、抬臂颤颤巍巍的不标准军礼，却总是在我脑海闪现，像幻灯片一样，一帧一帧，周而复始，定格成永恒。

那是一次直击心灵的寻访。在中华人民共和国成立70周年之际，军地联合策划了一次致敬·寻访·传承——盂县百名老兵向祖国敬礼活动。按照县退役军人事务局提供的信息，我们踏上了寻访老兵之旅。

2个半月，15个乡镇，1.2万公里，9000张照片，100多个小时的视频，5万字的口述实录……

一次次感动，一次次流泪，感动于老兵的热血青春，流泪于老兵的累累伤痕。这些老兵，年龄最小的88岁，最大的98岁。

　　70年前，他们在硝烟弥漫的战场上燃烧着年轻的热血，而后又归于平凡，归隐乡间；70年后，他们已步入耄耋之年，回望峥嵘岁月，仍然激情满怀，心潮澎湃。

　　遍地英雄下夕烟，走过青石小径，走过街头巷尾，走过地畦田垄，一个个老兵走进我们的视野，我们也走进一个个老兵的世界。他们，翻出深藏箱底的军功章，瘦骨嶙峋的双手小心翼翼地把功名挂在胸前，面对镜头，向祖国敬上老兵的军礼！他们，翻出深藏心底的战地日记，昏黄的泪眼再次把战争的伤口撕开，面对话筒，向后人讲述血火战事。

　　我们感受着那份悲壮与惨烈——老兵郜心林被敌人的机枪射中，子弹穿过小腿和肚子，肠子都露了出来，鲜血直流，可他依旧咬牙坚持，一手捂着伤口，一边坚持战斗，直到昏死过去。老兵王云芝扛着红旗跃出战壕，旗杆被打断，自己也负了伤，他解下绑腿把旗杆接起来，让红旗始终在战场上高高飘扬。老兵崔昌秀回忆，阵地上的树木草丛被敌人的燃烧弹点燃，战场上一片火海，炮弹冰雹般倾泻，朝夕相处的战友一个个倒在血泊中。老兵王继忠回忆战友牺牲的场景时，字字含血，句句滴泪："战争胜利了，我们走向了凯旋门，他们却走进了纪念碑啊！"

　　我们感受着那份机智与乐观——老兵晋肇祥在一次执行任务时遇到了五六十名土匪的追袭，他临危不惧，急中生智争取到有利地形后高声喊道："1排向左，2排向右，3排包围。"土匪一听以为闯进了包围圈，仓皇而逃。老兵李树丰打的第一仗便和战友们一起消灭了 20 多个敌人，没过瘾的他还一个人嘀咕，以前听说敌人很凶，今天的敌人却很"熊"。老兵王瑛一枪撂倒一个日军，剩下的伪军马上乖乖投降，走近一看都是和自己年龄差不多的小后生，他得意地撇撇嘴："咱一个娃娃兵俘虏了一群娃娃兵！"

岁月，沧桑了老兵的容颜，萎缩了他们的手臂，那一个个军礼虽然不再标准，但更加苍劲有力；时光，模糊了老兵的记忆，纷乱了老兵的思绪，那一幕幕场景虽然有些残缺，但足以撼动人心。

86 个故事，我们汇集成书，成为太行山革命老区一份沉甸甸的影像档案；86 个军礼，我们印在书的封面封底，成为永远的辉煌与荣光；86 个名字，我们列在书的扉页，成为永远的尊崇和敬仰。

总有一种遗憾无法释怀，就在"老兵军礼"摄影展布展的那天，老兵石正耀溘然长逝，我们把他的戎装照虔诚地挂在葬礼纪念墙上；就在《老兵军礼：一个太行山革命老区的老兵影像档案》摄影集编辑出版的那些日子里，许七毛等 28 位老兵相继离世，我们怀着崇敬的心情，把印好的摄影集郑重地摆在老兵的遗像前。

总有一些付出值得庆幸，如今回想起来，那烈日下的每一场奔赴，那汗水里的每一次记录，都是在与时间赛跑，才得以更多地留住老兵们的影像和声音。

老兵不老，军礼永恒！

（写于 2021 年 7 月）

盂县梁家寨乡大米村　梁家寨革命历史纪念馆

青山有幸埋忠骨

　　轻雾弥漫的山梁上，淡黄色的菊花簇拥着一块块黑色的石碑。一夜微雨，把山梁上刚刚建成的花岗岩纪念亭和汉白玉栏杆洗刷得洁净如新。

　　那是2013年7月27日，盂县上社镇教场村的村民们早早地来到山梁上的纪念亭前，见证一个简朴而庄严的揭幕仪式。当5位年逾古稀的老人用颤抖的双手缓缓拉动红绳，鲜红的幕布随风飘落时，"教场革命纪念碑"7个金灿灿的大字显现出来，格外醒目。纪念碑后的青青山冈上，16块烈士纪念碑静静肃立；2米多高的黄土崖下，5座坟茔刚培上新土……

　　滚烫的热泪从5位老人饱经风霜的脸庞潸然而下，张万明老人哽咽着端起一碗酒，仰天长叹："19团的英烈们，你们回家了，集合了！"

　　1943年秋天，就在这片山梁上，发生过一场惨烈的战斗。八路军晋察冀军区19团的一个连队奉命阻击日军，为防止上社据点日军增援，连长派孙得猴和粟根喜到教场村东的柴庄观察哨侦察敌情。日军进入伏击圈后，我军立即发起猛烈攻击，打死、打伤多名日伪军。相持一段时间后，由于敌众我寡，部队向两个方向撤退。途中，武指导员和战士小王身中数枪壮烈牺牲。在前方侦察敌情的孙得猴、粟根喜听到枪声渐渐平息，以为伏击战胜利了，便返回寻找部队，不料迎面与日军相遇，两人打完全部子弹后，抱在一起拉响了最后一颗手榴弹……

日军撤走后，教场、柴庄的百姓把4位烈士就地安葬。

前一年冬天，另一场战斗在距教场村90公里外的口只村附近打响。19团的一支小分队与日军遭遇，年轻的战士申双全倒在血泊中，乡亲们趁着夜色将烈士草草埋葬在村西的一处山崖下。

在吉古堂、大独头、中社、榆林坪、大西里等村庄，八路军战士血洒疆场，许多烈士甚至没有留下姓名和籍贯。限于当时的条件，这些烈士既没有棺木，也没有墓葬，只能长眠于荒山野岭、河谷沟坎。

为了让散葬的烈士回家，退休干部张万明、退休工人张道先、老摄影家崔达道、退休教师梁志达、村民张贵清5位老人，踏遍盂县的山山水水，自费寻访抗战烈士遗骸。老人们心中有个愿望，就是让每位烈士都能够有个遮风避雨的家，有人祭奠，有人纪念。

在哪里给烈士安家呢？淳朴善良的教场村百姓摒弃旧俗，敞开怀抱，接纳了这些风雨漂泊的游子！张贵清主动提出在自家林地安葬烈士，因为林地后就是厚厚的黄土，能为烈士们遮风挡雨。张道先带人开山整坡，一镐一锹修建陵园。张万明拖着多病的身体，多次往返于石材加工厂，拿出退休金加工成一块块纪念碑和墓碑。崔达道多方奔走查阅资料，寻访英雄事迹，撰写碑文。梁志达得知远在40公里外的吉古堂村石崖下也葬着一位抗战烈士遗骸后，专程找车运回教场村。由于年代久远，只知道烈士姓张，老人们便用发现烈士遗骸处的村名给烈士起名——张吉堂。教场村的乡亲自筹资金，许多村民放下手中的农活和生意，义务提供树苗，栽植成林。

70多年春秋更替，步履匆匆又漫长。那些年轻的身躯，长眠在他们为之牺牲的热土上，虽然他们籍籍无名，但在人民军队的英烈谱系中是永不消逝的星辰，是最闪亮的精神坐标。正如一位致力于口述历史制作和传播的媒体人所说，走进历史深处，抢救捕捉那些即将被吞噬、曾经闪耀的点点星光，给未来保留一点前行的光亮，让人们在千百年后依然可以与历史温情对话。

70多年人间沧桑，山河激荡又无恙。最好的纪念就是不忘记，5位老人吹响集合号，当年浴血沙场战友重聚首，英雄长眠无语，必在九泉含笑！有了太行黄土厚重的拥抱，有了老区百姓深情的呵护，他们的遗骨再也不会有风霜雪雨的侵蚀，他们也再不会有天灾人祸的纷扰。人民不会忘记，人民没有忘记！

青山有幸埋忠骨，在这片枪林弹雨呼啸过、烽火硝烟笼罩过的山梁上，一块块纪念碑和墓碑，挺拔成排，肃立成列，宛若整装待发的队伍，英气勃发，一如当年……

（写于2021年7月）

盂县上社镇教场村　教场烈士陵园

山河铭记

迎着冬日凛冽的寒风，缓步踏上冬雪未融的台阶，我再一次来到阳泉市革命烈士纪念园，只因为从新闻里获知，这里刚刚被山西省政府核定为首批省级红色文化遗址。

已是下午时分，或许因为前天刚刚下过雪，整个纪念园被皑皑白雪覆盖着，静静地等待西下的阳光一点点抽走金色的余晖，一点点淹没在沉沉暮色里。

我从浮雕纪念墙前走过，那是13位战斗在晋察冀的将帅，太行山的中流砥柱，身后是一个个战斗场景——鏖战狮脑山、血战磨河滩、七亘大捷、军旗插上娘子关……

我从烈士纪念碑下仰望，那是3块竖碑组成的主碑，以"山"字的形状，巍然挺立。副碑上，5559个在阳泉解放中牺牲烈士的名字，如同钢铁洪流，列阵太行。

我在革命烈士纪念馆里驻足，这里有这座城市的红色历程，它是血与火铸成的中共创建第一城。岳勇、赵亨德……一个个热血青年化作太行山的巍峨。红24军成立时举起的红旗、山西牺盟会播下的火种，燃烧成抗日的熊熊烈火。一张张战斗照片、一件件革命文物，汇聚成一曲波澜壮阔的史诗，山河铭记，传承永续……

看到我发在朋友圈发的照片，已转业回保定的战友李学军给我留言，问我一年要上几次狮脑山。我不假思索地在手机上打下一行字："这里是信仰的高地、精神的高地……"

已经记不清这是第几次来这里了，烈士纪念日敬献花篮活动我来过，国防教育活动我来过，新战士入伍前的传承红色基因教育我来过。最值得纪念的是曾有幸目睹纪念碑揭碑，那是2005年6月，党政军社会各界齐聚狮脑山，见证这一庄严时刻。抗战老战士来了，革命烈士亲属来了，部队战士来了，社会各界群众也自发赶来了……而那一刻，随着蒙在碑上的红布缓缓落下，一座丰碑屹立天地间，我的心境像是被松开了捆绑的绳索，豁然、欣然、释然。

因为我知道，眼前这座纪念园，并非固有，而是由位于市中心的旧陵园迁址重建的。这其中，牵动着许许多多人的心，凝聚着全市党政军民对革命烈士的无限敬仰之情。

始建于20世纪50年代的阳泉市烈士陵园，安葬着为阳泉解放而英勇献身的烈士忠骨。随着城市的扩容发展，陵园逐渐被新建的居民楼、商场层层包围。陵园周围甚至开起了歌厅舞场，门口也聚集了许多小贩摆摊，几乎成了马路市场。高分贝的音乐不绝于耳，各种叫卖声此起彼伏，与烈士陵园的特殊环境形成强烈反差。"绝不能让烈士英魂再受侵扰！改善烈士陵园环境，营造国防教育的良好氛围刻不容缓。"我所在的国防教育办公室专门打了报告，人大代表、政协委员也多次形成议案和建议。终于，在各级党委、政府和民政部门的大力协调下，迁址重建方案拿出来了，而且还被作为为民办的20件实事之一，列入当年的政府工作报告。随后，在军地各方的通力协作下，烈士陵园迁址重建工作紧张有序地进行，从奠基到落成，仅仅用了3个月……

参加完仪式，我连夜写成稿件发给《中国国防报》，几天后就发表在头版《生活中的国防话题》栏目。编辑专门配发了短评："人，是需要有所敬仰的。唯此，一个英雄辈出、浩气长存的民族才会充满希望；一个敬仰英雄、崇尚先烈的国家方能长治久安！"

站在纪念广场的平台上放眼望去，群山环抱中的小城高楼林立，桃河像一条玉带穿城而过。更远处，高速公路、高铁、国省道路纵横交错。时光温热，岁月静好。平台下方的红色大理石坡墙上，3只白色和平鸽雕塑振翅欲飞，不断带来新的消息告慰烈士：山河无恙，如您所愿！

下山的时候，已是暮色苍茫，回望丰碑，我的耳畔响起那首歌："在茫茫的人海里，我是哪一个；在奔腾的浪花里，我是哪一朵……不需要你认识我，不渴望你知道我；我把青春融进祖国的山河，山知道我，江河知道我，祖国不会忘记，不会忘记我……"

是的，你们闪亮的名字，早已镌刻在太行山般坚硬的岩石上；你们青春的热血，永远奔腾在岁月的长河里……

（写于2021年11月）

阳泉市狮脑山　阳泉市革命烈士纪念广场

守 望

那是2013年的十月初一，盂县梁家寨乡口子村西的一处山崖下，几位老人摆上贡品，鸣响鞭炮，用颤抖的双手拨开枯枝、石块，将一具遗骨细细整理后，用大红布包裹，送往90公里外的烈士陵园安葬……

车子已经驶出村口好远了，崔书平还站在山崖下久久地遥望，两行热泪从他饱经风霜的脸上潸然而下。

这一天，崔书平和他的父亲、爷爷等了70多年。

1942年冬的一天，在口子村北的燕头崖下，一支八路军小分队与日军遭遇。战斗打响，激烈的交火持续了大半天。枪声渐渐停息后，村民们在乱石滩里找到了一名牺牲的八路军小战士，找遍全身，可以证明他身份的信息只有3个：申双全，19岁，晋察冀军区19团。

"娃子啊，你家是哪里的？你的部队在哪儿啊？"口子村的乡亲们趁着夜色，将烈士草草埋葬在村西的一处山崖下，等待部队和烈士家人回来找寻。

此后，亲手埋葬烈士的崔金延老人，心中便多了一份牵挂。逢年过节，老人都要到山崖下埋葬烈士的地方，培培土，除除草，祭奠祭奠。下雨下雪的时候，总要去看看烈士墓被水冲了没有。

崔金延老人弥留之际，郑重地向家人交代：要照看好小八路，总有一天要送他回家……

此后，老人的儿子崔林珍、孙子崔书平相继接过接力棒。照看烈士墓，成了崔家难以割舍的牵挂与守望。

春去秋来，崖头上的草绿了又黄，黄了又绿。就这样，小八路申双全躺在冰冷的山崖下，一直也没有等来接他的战友与家人。就这样，在岁月更替中，崔家祖孙三代守护烈士70多年……

得知这一信息后，盂县人武部官兵与热心群众一道，将烈士遗骸运回新建成的烈士陵园，遗落在大山深处碎石堆下的英烈忠骨，终于在人们的敬仰和祝福中回家，和他曾经朝夕相处的战友团聚。

在崔书平一家的守望终得如愿的同时，摄影人李若冰也为自己心中那份执着的守望而踏上了一条心路苦旅。

那年重阳节的一次敬老院拍摄活动，彻底改变了李若冰接下来的拍摄轨迹。墙上"抗日英雄"的横幅、窗台上年轻威武的戎装照与病床上紧闭双眼痛苦地蜷缩着的老人形成了强烈的反差，这让李若冰心潮难平，百感交集。岁月掳走了青春，流光暗淡了容颜，多少这样的抗战老兵被湮没在历史的风尘中，他们的牺牲、他们的付出，应该让更多的人知晓！

带着心中的这份守望，李若冰着手搜寻资料，走进了一个个抗战老兵的战火记忆。

历时9个月、百余个休息日、行程4000多公里，终于汇集成一本厚重的《致敬老兵》画册。打开一扇扇记忆之门，97位抗战老兵的热血青春扑面而来——

和日军拼过3次刺刀、干掉过5个日军，满身刀疤和弹孔的李先财老兵，不让别人碰他藏在箱底的一堆军功章，"那是牺牲战友的血肉灵魂啊！"

战场上小腿被弹片击中，手术时没有麻药了，王赐珍老兵咬住毛巾硬是让医生把腿上坏死的肌肉全部清除。那1尺长、2寸宽的伤疤，触目惊心！

每次战前，发给每人一个填写了姓名、年龄、籍贯、部队番号等信息的烈士证，牺牲了按信息上报组织、联系家人；没战死，收回下次再发！赵春成老兵说得轻描淡写，生死一证，他往复用过多少次啊！

"轻伤不下火线，重伤不能哼叫！"重伤后肠子被打出来，忍着剧痛塞回去继续冲锋直至昏迷，打扫战场时才被战友发现救回的岳恒德老兵，铁骨铮铮！

还有婚礼前部队紧急出发来不及发结婚证，转业后当过民政局局长，笑称一辈子"结婚无证，革命有证"的高秀和老兵；军功章、证件被美军投下的燃烧弹烧毁，未能享受退役军人待遇，淡然一笑的牛忠义老兵；在房管局管了几十年房子，一直还住着老旧预制板房的李富山老兵……

三代相传，保护一座战上的坟茔，让烈士找到亲人的期盼，是崔家人最朴素的守望；单枪匹马，留住一群老兵的历史，让后人时刻铭记的信念，是李若冰最执着的守望。

（写于2022年8月）

阳泉市狮脑山　百团大战革命烈士名录墙

饭碗里的真情

知道我喜欢红色历史读物，一位报社工作的朋友送了我一套党史部门编写的红色系列书籍，从各个侧面记述了阳泉这座城市的红色记忆。沉浸在那段峥嵘岁月里，几个与吃饭有关的小故事，深深触动了我的思绪。

第一个故事说的是 1940 年 9 月，平定（路北）县县长烙刚上任后，正赶上百团大战后敌人的报复"扫荡"。在郝家庄群众大会上，他号召党员干部艰苦奋斗、克服困难，从每天 1.2 斤米的口粮标准中节约 1 两米救济群众。早上喝稀粥，中晚饭每人一碗抿圪蚪（当地面食）和一个窝窝头，吃不饱的就勒紧裤带头！他和大家一起吃糠咽菜，自己吃不饱，还要分饭给老百姓，肚子虽然瘪了，但党员干部和人民群众抗日必胜的信心愈发坚定。

还有一个故事讲的是抗战时期，平定（路北）县一区区长李煦明，和其他区领导分散到辛庄村。为了减轻群众负担，坚持不让村里给他们开小灶，每天随机到群众家吃"碰饭"，就是碰到什么吃什么，群众吃的是啥他们就吃啥。经常因为忙工作误了饭，便让老乡用玉米面和黑豆叶菜调一锅"糊嘟"。时间长了，老百姓便形象地把李煦明称作"糊嘟区长"，见了其他区干部也都会热情地招呼一声："吃糊嘟的来了？"

史料记载，在那个烽火连天的岁月，为了应对日军对革命根据地的"扫荡"，县区干部化整为零，分散到群众中，与老百姓打成一片，共同抗日。当时的县区政府都没有固定的办公场所，干部们分头把公章、资料装进布袋子缠在腰上或缝在衣服里，走到哪里吃住到哪里，老百姓的炕头、地窖，随时都能成为县政府、区公所。

无论是烙刚县长提出的"稀粥抿圪蚪窝窝头，吃不饱勒紧裤带头"，还是老区百姓口中爱吃"糊嘟"的李煦明和区干部，在那艰苦卓绝的敌我斗争形势下，艰苦朴素的生活作风和优良传统，无不体现着共产党员全心全意为人民服务的本色。

这些情景不由得让我回忆起父亲曾给我讲过的一段往事：20世纪七八十年代，父亲是公社（乡）的电影放映员。那时候，汽车还很少，放映机和幕布由小驴车拉到村里，父亲骑着公社配发的飞鸽牌二八大杠自行车，到市里的电影公司取上电影胶片，然后再骑到各村去放映。到了饭点，自然是吃派饭，就是村干部分派给谁家，就到谁家吃饭，社员家吃啥他就吃啥。一般的家庭，仍然是榆皮面抿圪蚪、玉米面窝窝头、黑豆叶菜"糊嘟"，条件好一点的，偶尔能吃上白面馒头、葱花烙饼。每吃一顿派饭，父亲都要按规定给社员家交4两粮票、1角钱。

吃了几回后，社员就把父亲当成了自家人，"添双筷子的事嘛！"交的粮票和钱说啥也不收。拗不过，父亲只好让村干部代为转交。每每说起这段往事，父亲总要感慨当年的那份真情。

党的十九大召开后的第二个春天，我带领人武部党委班子成员来到盂县最北端的骆驼道村，首次探索把党委班子民主生活会开到当年的红色战场、如今的扶贫联系点。在牛道岭战斗遗址，聆听老乡讲述战斗场景，亲手为村里栽下一棵棵苹果、梨、核桃树苗，头上淌着汗水，脚下粘着泥土，围坐在村头的小广场，同志间相互开展的批评和自我批评也显得格外真诚而深刻。

时近中午，我们在村里的农家乐里吃"订饭"，每人20元钱，凉拌野菜、苦荞面凉粉、葱花烙饼、农家烩菜，那顿坐在小板凳上吃的饭是那么香甜，多年后依然在唇齿间回味……

后来我渐渐明白，为什么不同时期的共产党员、领导干部都喜欢吃那一碗抿圪蚪、那一锅"糊嘟"、那一盆烩菜，虽然它不一定有多美味，但乡土风情衍生出来的食物，最接地气和人气，简单的烹饪，也最能够保持食材本来的味道。分饭、"碰饭"、派饭、"订饭"，不同的是方式，不变的是真情。

我想，共产党员的初心也一样，最朴素的初心，也最能体现纯真本色。

（写于2022年4月）

阳泉市荫营镇辛庄村　红色纪念馆

你的名字

　　为了你的名字不被岁月的风尘湮没，他们，怀着深深的敬仰，心心念念，执着追寻……

　　你，李和辉，从长征走来的红军战士，从延安转战太行的英雄团长，牺牲在抗战前线，却一直籍籍无名。直到2010年的一天，时任盂县史志办主任崔石头偶然得知，黄树岩村有一座保存较为完好的烈士墓。当时正开展大规模的革命遗址普查，于是崔主任便匆匆赶了过去。

　　那是在一个当地人称为牛王场垴的山冈上，圆形砖石墓丘前，5米多高的砖砌方柱体纪念碑，以4层叠垒的样式挺立在青石台基上，"李团长和辉之墓"几个大字赫然映入眼帘！李和辉？团长？老崔一时间惊愕了。惊愕于从未见过这么规模宏大且保存完好的烈士墓，惊愕于在他所了解的史料里并没有这个叫李和辉的团长！围着墓和碑，老崔转了好几圈，却没找到任何碑记、墓志铭。通过向村里老人打听才知，李和辉是晋察冀军区二分区19团团长，牺牲后，抗日政府担心遭日军"扫荡"报复，才把李团长安葬在这偏僻的山沟里。

回到办公室，老崔通过电脑查找到了李和辉的生平后更加震惊：红军长征中的连长，八路军平型关大捷中的营长，晋察冀军区 19 团首任团长，一路征战，凯歌频传。在子弹打穿左胸、腹部负伤感染的情况下，仍然冲锋在前线，指挥部队一举攻下娘子关，因旧伤复发，牺牲在转送后方医院的途中。

烈士铁骨铮铮，英雄默默无闻！怀着对烈士的无限敬仰，老崔将李和辉收录进革命烈士普查名录的同时，深入收集他的事迹，及时补充到正在编修的《盂县志》和《永远的丰碑》中。李和辉的名字，在沉寂 70 多年后终于重新走进人们的视野。

你，李永胜，129 师 385 旅 11 连副班长，一位普普通通的八路军战士，1940 年 8 月在落摩寺因战牺牲。那份编号为晋烈字第 024303 的《革命烈士证明书》是你留在世间的唯一信息。但，你参加的是哪一场战斗？安葬在哪里？

带着疑问，烈士的孙子李建伟找到了热衷于研究党史军史的姚永田。一看到 1940 年、385 旅、落摩寺几个关键信息，熟悉百团大战战史的姚老师当即肯定，李永胜就是百团大战中牺牲的烈士，然而找遍百团大战革命烈士名录墙上镌刻的 4850 个名字，也没有发现李永胜的名字。不甘心的姚老师又专程到烈士原籍民政局查找，拿出 385 旅在落摩寺战斗的权威史料，终于拿到了民政局开具的李永胜属百团大战烈士的证明。带着这张来之不易的证明，姚老师直奔百团大战纪念馆，提交了在烈士名录墙上增补李永胜名字的申请。

半年后，那个寒风凛冽的冬日，当雕刻师小心翼翼地将"李永胜" 3 个字刻在黑色大理石墙上时，肃立一旁的姚永田和李建伟禁不住潜然泪下……

还有你，乔全柱，是平定县史志办原主任刘春生心头挥之不去的遗憾和痛楚。那年，刘春生来到柏井镇刘家沟村，为县烈士纪念馆展陈征集史料。在核实登记在册的4位烈士情况时，一位村民说，她的小叔子是解放太原时牺牲的，名单里却没有。刘春生来到村民家，从箱底翻出一张《革命烈士证明书》，上面的确记载着烈士牺牲的信息。中华人民共和国成立后，民政部门统一换发过一次，不知为何乔家没有上报更换。刘春生翻拍了证明书，准备回去后向民政部门反映，然而老刘因劳累过度倒下了，经过数次手术、化疗放疗才重新回到办公桌前。祸不单行的是，储存着老刘多年来收集到的珍贵史料的移动硬盘竟然不翼而飞，而当年翻拍的证明书也在其中！痛心疾首的老刘赶紧联系村里，但由于种种原因，再也没有找不到那张证明书……最终，烈士乔全柱的名字，还是没能镌刻在纪念馆的名录墙上。

时至今日，谈起往事，老刘眼中含泪，双拳紧握，唏嘘不已，心结难解，满是深深的自责和遗憾，但当他听与我同行的朋友说太原市档案馆里存放着解放太原的战斗档案时，眼前一亮，仿佛黑暗中射进来一束光……

每一位英雄的名字，都不应该被遗忘。

忠骨在，册有名，这应该是对烈士最好的告慰。

（写于2022年7月）

盂县梁家寨乡黄树岩村　李和辉烈士墓

老兵本色

清晨，影友赵五明发来微信："谢双福老兵走了……"

放下手机，起身从书柜里抽出那本《老兵军礼：一个太行山革命老区的老兵影像档案》，凝视着封面上谢老的照片，心情沉重。翻到记载谢老功绩的那一篇，照片上的谢老一身旧军装，胸前挂满了军功章，缀着鲜红五角星的军帽下，一双眼睛炯炯有神。我拿出碳素笔，在印满抗战老兵名字的扉页上，找到谢老的名字，缓缓加上一个黑框……

尽管已经过去了3年多，但那次寻访老兵的经历仿佛就在眼前，填满了内心的空间，那些抗战老兵浴血沙场的战斗故事，以及从血与火战场上传承下来的对信念的执着、对名利的淡泊，深深影响着走近过这些老兵的每一个人。

书页一页页翻过，一个个沧桑的面容闪过，一个个生动鲜活的片段，如同幻灯片，一帧帧在眼前展现开来。

每次见到谢双福，他都是穿一身旧军装，戴着一顶红五星闪闪发亮的军帽。讲起战场上的经历，他绘声绘色，手脚并用，活脱脱一个古灵精怪的老小孩。也正是因为他的机智勇敢，竟然在生死战场上创造了一个人俘虏敌军一个班的奇迹。面对悄悄向驻地摸过来的一队敌军，早早起来喂牲口的谢双福沉着冷静，悄悄绕到敌人身后，出其不意把敌人队伍最后一个兵的枪抢过来，先撂倒一个敌军。"不许动，你们被包围了，缴枪不杀！"听到枪声，敌人慌作一团，以为进了我们的埋伏圈，乖乖地举手投降。直到他把11支步枪的枪机卸下、1把手枪别在腰间，借助渐渐亮起的天光，敌人才发现，"包围圈"里只有谢双福一个人和一个黑洞洞的枪口。还有一次，谢双福赶着马车给炮兵阵地运送炮弹，忽然，一颗敌军投下的炸弹落在马车前，谢双福瞬间被掀起的泥土掩埋，醒来一看，自己倒在马身旁，弹片把马肚子划开了一个大口子。拍拍身上的泥土，谢双福自嘲道："多亏咱个子小，可怜那匹老马替咱挡了炮弹！"

与谢双福每天面对的枪林弹雨不同，付福海当兵没打过一次仗，作为晋察冀军区二分区司令部的理发员，他的任务在战友的头上，一把推子、两把剃头刀、一个刮脸刷子和一块围脖布，就是他的全部"武器"。一次，部队准备阅兵，要求干部战士必须军容严整，理发是当务之急。那几天，天不亮理发班的7个理发员就分头出发，挨个到连队去理发。有一天，仅付福海一个人就给80多位战友理了发，到最后累得胳膊都抬不起来了。

张满银14岁就参加八路军，夜袭日军营房，杀敌英勇。问起他当兵的经历，这位参加过抗日战争、解放战争、抗美援朝战争的老兵只有一句话："当兵不怕死，怕死不当兵！"

当兵8年，解甲归田，谢双福退伍回到家乡，先是在钢铁厂当了一名普通工人，后来又自愿返乡务农。当了3年理发员的付福海退伍回村后，当过教育主任、统计员等，和村民战天斗地，自力更生，丰衣足食。当兵打仗、带兵打仗19年的张满银，退役回到家乡后，收起了他的军功章，隐去了战场上立下的功名，别人问起他在部队上的事，他总是轻描淡写地回复几句。

从太行山走出的热血青年，一腔热血投身抗日烽火，在解放全中国的硝烟里冲锋，跨过鸭绿江保家卫国，一路征程，一身荣光！

带着战功归来，他们选择一辈子低调，将往事尘封，却永远信仰坚定，心怀感恩。

"我戴上了军功章，可好多战友都牺牲在战场上了，比起他们来，我还有啥不知足的！"无论生活多么艰难，谢双福从不向组织开口。他会时不时地从箱底翻出一个战场上发的口粮袋，那窄窄的布面上印着"抗美援朝，保家卫国"8个大字和一位手持冲锋枪的战士。

付福海家的对联无论怎么换，横批永远都是"共产党好"。每当有青少年来听他讲述红色故事时，他总是随口唱起那首《东方红》："东方红，太阳升……"

张满银的胸前，一年四季不管换什么衣服，总是佩戴着一枚党徽，风里雨里，熠熠生辉。他是沉默的、不善言辞的，但我从他的眼神里仿佛看到，军号依旧在耳边回响，战歌依旧在胸中激荡，党旗依旧在心中高扬……

（写于2022年8月）

阳泉市狮脑山　抗战主题雕塑

归　来

　　"每一个走上战场的士兵，都有一位等他回家的母亲。"这是老兵回家公益活动发起人孙春龙所著《没有回家的士兵》一书腰封上的一句话。

　　537团8连副班长张俊昌的母亲，就没有等到儿子回家。张俊昌的名字静静地躺在《盂县革命烈士英名录》上许多年，直到他的母亲带着无尽的思念离世，也始终不知道，这个张俊昌，就是那个当年她亲自送上战场、日思夜想的儿子苏家会！

　　2021年清明节，盂县段家山村的土梁上，革命烈士苏家会纪念碑上的红布缓缓揭开，蒙蒙细雨轻轻飘落。肃立的人群中，一位身着少将军服的军人摘下军帽，向纪念碑深深地三鞠躬："舅舅，您的英魂终于回家了，我可以告慰母亲了！"

　　站在这位将军身后的我，与身旁的田晋中不由自主地相视点头致意。那一刻，我们心头涌动着同样的感慨和欣慰……

　　一年前，将军给在他家乡人武部任职的我致电："母亲的弟弟苏家会牺牲在抗日战场，一直杳无音信，找到他的下落，是母亲临终前唯一的念想。"

我当即将这一信息告知时任盂县退役军人事务局副局长的田晋中，然而经认真查阅，无论是中华英烈网，还是《盂县革命烈士英名录》，都没有苏家会这个名字！

　　带着疑问，田晋中根据将军提供的信息，来到苏家会的老家段家山村走访。在村民苏刘怀、苏增宪、苏如意的回忆里，苏家会确实是参军走后再也没有回来！

　　苏家会烈士，你在哪里？此后的日子里，寻找烈士苏家会成了田晋中心头挥之不去的一份牵挂。意外的收获总在不经意间，在一次查阅档案的过程中，一条烈士信息引起了田晋中的注意："张俊昌，1923年出生，1947年2月入伍，段家山村人，在固原蔡家沟战斗中牺牲，建小功一次。"

　　出生年份、入伍年月，怎么与苏家会一模一样？田晋中赶紧驱车再次来到段家山村，终于柳暗花明，谜底层层揭开：苏家会参军后，由于革命需要，随母亲的姓改名张俊昌！

　　苏家会终于魂归故里，为烈士寻亲，迎烈士归来，完成每一个烈士母亲的遗愿，成了我和田晋中之间一种神圣的默契。

　　烈士秦茂英的母亲去世前，只知道儿子在四川病故。每年清明，家人给祖先上坟时，都会向着西南方向烧香、鞠躬。

　　烈士王锁正，在张家口里梁战斗中牺牲，家人按照部队捎回来的通知前去认领遗体，但一场洪灾早已冲毁了掩埋烈士的土冈。烈士母亲把儿子的《革命烈士证明书》传了一代又一代……

　　烈士常银春，曾在攻克陕西礼泉和甘肃兰州战役中荣立一等功，在新疆奇台县北沙窝大沙坡剿匪战斗中壮烈牺牲。手捧从新疆寄来的《革命烈士证明书》，烈士母亲终日以泪洗面，可在那个年代，从山西去新疆找寻儿子的遗骨，几乎是不可能实现的奢望，只好在祖坟里给儿子建了一座衣冠冢。

为了家乡的烈士归来，我和田晋中通过军地不同渠道，时刻关注来自各方面的信息，为烈士寻亲，告慰烈士家人！

拨开重重迷雾，跨越千山万水，一个个烈士的信息逐渐清晰：25岁的川北军区运输队文书秦茂英，病故后安葬在千余公里外的四川南充烈士陵园。21岁的196师586团战士王锁正，英名镌刻在平津战役纪念馆。18岁的17师49团3营7连班长常银春，长眠于新疆奇台县烈士陵园。

"这下可好了，以后我们就能去祭奠他了。"秦茂英的侄子秦进年听到消息后，在电话那头抑制不住激动的心情。

"奶奶把我三叔的烈士证明和照片传给了母亲，母亲又包好和我的结婚证放在一起，可是后来都找不到了。"王锁正的侄子王国运得知叔叔的信息后，了却了心中的遗憾。

"我们正商量，看看什么时候能去一趟新疆，到烈士陵园祭拜一下叔叔，他是我们一家的骄傲！"常银春的侄子常书明心里多了一份期冀。

宁夏固原、四川南充、天津平津战役纪念馆、新疆奇台，无论是千里之外的边陲小城，还是珍藏着历史记忆的纪念馆，承载着烈士热血之躯的重量，也成为家人永存心底的遥望。

不知道还有多少烈士长眠在异乡的土地，我，田晋中，还有许许多多的人，仍然在寻亲的路上……

（写于2022年9月）

阳泉市荫营镇辛庄村　烈士陵园

最后一封家书

一直困扰着郝书云和全村人多年的一个谜团，随着一封70多年前的家书重见天日而瞬间解开。

2019年初夏的一天，收集郝崇相关信息多年的郝书云，在郝崇侄儿家杂物间一个破木箱中，意外翻到一个信封，上面贴有晋察冀边区邮票，信封上褪色的钢笔字迹依稀可辨："交山西省盂县乔家庄村郝巍亲启，由热河省滦平县第六区寄。"内有一封信，是郝崇写给母亲刘书妮的：

> 叩安
>
> 母亲大人敬禀者膝下叩守（首），想大人身体健康，饮食增加，是儿在外之盼也。启者儿去年九月十四日从家分别路上平安，到了张家口市又调到热河省承德市，分配到滦平县第六区工作。儿现在身体强壮，饮食增加，请大人不要惦念。儿在外不能观照大人各方情形，这是儿不孝道也。
>
> 四月廿六日，接到咱家中信心中感到很是欢

喜。拆开一看言说儿三弟去世牺牲在寿阳县，唉，儿心中悲痛，眼中落泪，希大人把心放宽。儿在外现在还不能归家，不要弃（气）了，人身（生）来就有死可说，儿三弟不受难中甲。儿望大人多加宽心，增加饮食，保养身体。又言到，儿胞兄又得了令郎，儿比较心中少为高兴了一点。儿三月间阳历四月十四日十八日写回两封信等收到已（以）后，来信告知。十八日又有相片一张，儿每月要往家通信，决不会往（忘）了大人培养儿幼小时候恩德，日后通信再谈吧，并问咱家人等均安。

五月廿三日

儿 郝崇鞠躬

读罢这封写于1946年的家信，郝书云顿时热泪盈眶："书妮奶奶，您儿子豹只（郝崇乳名）有信儿了，他是共产党的干部！"乡亲们也在村里奔走相告："郝崇不是国民党的兵！"

时光荏苒，谁也说不清这封信有没有人读给书妮老人听过，谁也不明白这封信为什么会被岁月尘封……

在郝书云的记忆里，小时候学校经常组织到军烈属刘书妮老人家做些力所能及的事情。久而久之，大家都知道，老人有3个儿子：大儿子郝巍在村务农。三儿子郝峻是晋察冀二分区19团战士，牺牲在抗日前线。二儿子郝崇，早年外出后不知去向。村里人私下都猜测说郝崇在国民党队伍当兵，解放后逃到台湾了。每次去刘书妮家，老人总是泪流满面地自言自语："满山（郝峻乳名）回来了，豹只不见了，豹只你去哪里了？豹只

222

你去哪里了？……"老人88岁高龄去世前，一直在呼唤二儿子的乳名。多少年来，刘书妮老人呼唤儿子的声音一直在郝书云的脑海中挥之不去。郝崇到底去哪里了？真的去台湾了？不仅是他，整个村里的人都有这样的疑惑。

为了解开这个疑惑，郝书云开始寻找郝崇，但一无所获，直到这封信的意外出现。之后，在山西盂县、河北滦平两地退役军人事务局工作人员的联动寻访下，终于在滦平县虎什哈镇西红旗村三道沟一处荒芜的山坡上找到了郝崇烈士的坟茔……

一封穿越战火的家书，我读出了烽火硝烟。那潦草的字迹和几个错别字，断然不是文化低所致，因为郝崇是晋察冀边区盂县八区青救会主任兼七东小学教员，被作为优秀干部选派到外地工作。也许，写这封信的时候，前方战事紧急，任务紧迫……

一封逾越亲情的家书，我读出了家国情怀。得知弟弟牺牲郝崇在心痛落泪的同时，更多的是安慰母亲把心放宽，人生来就有死。郝崇没有告诉母亲的是，自己是区长，在艰苦卓绝的敌后工作，身份是保密的，以至于在他牺牲后，党史资料没有详尽记载……

岁月长河奔流不息，英雄烈士浩气长存。他们的名字如同璀璨的群星，永远闪耀在历史的天空。

（写于2021年7月）

阳泉市狮脑山　阳泉市革命烈士纪念广场

涌动在心底的敬仰

北方农村，只要找到村里的大槐树，就能找到村庄的中心。一般有点历史的村子，村中心通常围绕大槐树建有戏台、庙阁。庙前香火缭绕供神，戏台锣鼓喧天敬神。

辛庄村也是这样。村中央，一棵据考证有1200年历史的千年古槐巍然矗立，古槐南边是一座名为云影楼的戏台，而古槐的北面，是一座小庙，村民尊为五道庙。

这个村子的五道庙不一般，乡亲们称之为烈士祠。

小庙里，除了供奉着神像外，还供奉着一块石碑，碑的正面，刻着8位烈士的名字和一篇碑记：

刘拉寿 刘铭文 刘禧文 刘宣文 刘金文 刘世家 刘璿文 任和银

烈士碑记

尝闻关怀国家，人人有责，吾国百年来，封建主义、帝国主义及官僚资本主义对祖国的压榨重重相继，尤独裁统治者甚矣。我党拯救人民于水火，历经无数波折，取得伟大胜利，无不是先烈们树立

功勋，鞠躬尽瘁。今日的幸福，皆先烈者所赐，对
革命、对人民是千古耿耿、义气昭然，历史上的显
著诚吾彼纪念，故以志勒石。

一九五二年一月二十二日

烈士与神同阁供奉，祠庙合一，敬仰先烈如同敬畏神灵一样神圣与虔诚！也许，这就是老区人民最朴素的情感表达。

76岁的老民政刘义忠珍藏着一个塑料皮小本本，上面以表格的形式记录了8位烈士的基本信息：年龄最大的刘拉寿31岁，最小的刘瑉文18岁。他们中有的担任排长、班长，有的是普通战士。牺牲地分别是山西的阳曲、寿阳、平定，河北的阜平、涞水、满城、三河……

热血男儿奔赴战场，留在家乡的青年也积极参加游击队，为八路军和抗日政府送情报、查路条、筹军粮、割电线、毁马路，站岗放哨，转移群众，保护当地百姓的安全。

"南山上推倒石人人，村里头敲响大铁钟，男女老少躲进窨（地洞），让外鬼子找不见人……"

1944年正月十六，因为情报有误，村里的民兵游击队遭到重创。那天，有情报说日伪军要到附近的西南异村"扫荡"。为防止顺路偷袭，民兵们赶紧帮助群众转移隐藏。安顿好村民，游击队队长带队出村侦察，结果迎头撞上日军，原来"扫荡"的目的地就是平定（路北）县四区区公所所在地辛庄村。一场激战下来，十几名游击队员倒在了敌人的枪口下。

村里新建成的红色纪念馆里，保存着一份珍贵的抗战历史资料——《农民抗日救国会登记册》薄薄的17页毛边纸，记录

着198个名字，当时村里所有户主基本上都在册。我想，这也就是辛庄村被誉为"小延安"、抗日模范村的由来吧。

小村庄还有一个特别的仪式——拜抗属。每年的1月1日，总有一队红领巾穿行在村中，见到挂着"光荣烈属"牌子的门楼，便轻声叩门而入。全村的少先队员在老师的带领下，来到抗战烈士和参加过抗战的老兵家中，向英烈画像和先辈鞠躬敬礼，听老兵和烈属讲抗战故事。一茬一茬的红领巾上了中学、大学，但拜抗属的仪式从未间断。

后来，随着时间的推移，抗属一家家消失在历史的风烟中，新时代的送喜报仪式延续了拜抗属的传统。每当有村里参军的战士在部队立功后，学校总要组织小学生敲锣打鼓，簇拥着县乡村领导，把立功喜报送到军属家中。每年八一和春节，给军属送一封慰问信、一份慰问品成为不变的拥军情。每年正月十五的送灯是由村里妇女们用玉米秸秆扎成五角形框架，糊上红纸，制作成五角星灯笼，再请学校的老师用毛笔写上"英雄门第""光荣之家""战斗英雄""保家卫国"等字样。全村青年、学生人手一盏组成灯笼长龙，在锣鼓队的配合下，提着灯笼在村中绕行，给每户军属送上红灯笼。

从祭烈士、拜抗属，到送喜报、送红灯笼，变化的是形式，不变的是太行山老区人民对英雄烈士、人民子弟兵和军属深深的敬仰与深情。

（写于2022年9月）

阳泉市荫营镇辛庄村　烈士祠

情不知所起，一往而深（结语）

　　也许是小时候，坐在门前的大石头上一遍一遍听长辈讲打仗故事的那一刻……

　　也许是青春年少，穿上绿军装，戴上红帽徽的那一刻……

　　也许是夜晚提笔，感动于全国国防教育先进个人苑桂生退休后踏遍太行山，追寻烈士墓碑和战役战斗纪念碑的执着，一个通宵完成上万字长篇通讯的那一刻……

　　也许是穿过相机镜头，目睹了年逾八旬的山西省国防动员新闻人物崔达道老人，郑重地一块一块收殓烈士遗骨，怀抱红布包，颤颤巍巍走上烈士陵园台阶的那一刻……

　　也许是策划开展致敬·寻访·传承——盂县百名老兵向祖国敬礼活动，看到那些抗战老兵撩起衣襟露出伤疤的那一刻……

　　那一幕幕，历历在目，历久弥新。

　　我的心底始终是沉沉的，我的眼眶经常是湿湿的。

　　忘不了，迁葬烈士遗骸那天，通往陵园的路旁静静摇曳着的淡黄色无名小花；忘不了，拜谒烈士纪念碑时，天边滚滚而过的乱云惊雷；忘不了，纪念馆橱窗里烈士寄给妈妈的信笺上清秀的笔迹和点滴湿痕……

我曾独坐风中，我曾徘徊雨里，我曾一念执着地追寻！

2020年7月，当我脱下穿了30年的军装，卸下肩上领导指挥一个县国防动员工作的重担后，第一件事就是回到故乡。我要再听长辈们讲讲长眠在家乡热土下的烈士小解放，尽管一些片段、一些情节已经耳熟能详。

当我抚摸着那顶在地下陪伴了小解放70余载，锈迹斑斑、铁片剥落的钢盔，一种神圣、敬仰与感慨交织的情感比任何时候都激烈地在心底涌动、翻腾……

我把写成的散文《那顶浸血的钢盔》发给《阳泉晚报·漾泉》副刊主编田杰女士，没几天就见了报。后来，这篇散文参加了退役军人事务部举办的全国"我身边的英烈"主题作品征集，获得了文字类唯一的一等奖。

也正是缘于这篇凝注了真情实感的小文，田主编力邀我在副刊开设《红色印记》专栏。

每周一期专栏，每篇1500字。

行不行，能不能？我忐忑，我犹豫……

在多年挚友、《阳泉日报》政文部张喜明主任的肯定和鼓励下，我重新像当年在部队受领任务那样，开启了一段难忘的红色追寻之旅。

史海钩沉。从中国共产党创建第一座人民城市——阳泉市的不屈使命，抗日的烽火燃遍太行山的曲折磨难，到老区人民土法炼铁铸弹壳、秘密制药造纸、星夜送粮送炭的艰辛历程，我在浩瀚的文史资料中苦苦找寻……

重返战场。在刘伯承师长创造七亘大捷重叠设伏经典战例的峰台垴，在冒雨构筑五指战壕击退日军数十次进攻的896高地，在全军英模"血战磨河滩钢铁连"浴血搏杀的娘子关下绵河畔，在开展空村斗争围困日军9个月迫敌撤退的岔口村，我伫立风中静静体味……

聆听见证。驱车奔波于全市130多处红色纪念地，一座座革命纪念馆、一块块烈士纪念碑、一个个红色遗址定格在我的眼里，扎根于我的心头；面对面倾听，一位位老八路、老解放、老民兵、党史军史专家、红色讲解员全景式还原波澜壮阔的红色历史，惊心动魄的战斗经历和感天动地的英雄壮举，我一一记录……

就这样，一段段真情凝注笔端，一篇篇文字走近读者。2021年、2022年两个下半年里，50多个红色故事穿越历史的风云，重新融入那段七八十年前的烽火硝烟。

在构思、寻访、写作的过程中，我得到了方方面面的帮助。我参阅了阳泉市委党史研究室主编的新旧版《中国共产党阳泉历史》、各级党史军史组织史，以及各类纪念活动中当事人、亲历者的回忆文章。每天拜读《阳泉日报》《阳泉晚报》，从中得到许多红色故事线索和立意启发。感谢阳泉市委党史研究室的孟学武科长，遇到资料表述不一或重大史实问题时，总是有求必应，不吝赐教；感谢田杰主编，辛苦编辑，反复求证，发现并纠正了许多问题；感谢好友张喜明、李怀智，寻访途中曾一路陪伴，共同感受太行山上刺骨的寒风、娘子关下难耐的暑热！

特别感谢中国作家协会会员，国家一级作家，冰心散文奖、老舍散文奖、四川文学奖等多项大奖得主，西藏戍边16载的战友凌仕江作序支持。感谢赵树理文学奖获得者、《映像》杂志执行主编蒋殊女士审看书稿后饱含真情写下了推荐语。感谢山西人民出版社第三策划室主任吕绘元，以多年编辑重大革命题材作品的红色情怀，以对红色历史严谨负责的高度和态度，冒着酷暑认真编辑此稿。

"情不知所起，一往而深。"在这些文字结集出版之际，回想追寻红色印记的那些日子，脑海中忽然冒出这句话，遂定为结语标题。后来百度才知道出自明代汤显祖的《牡丹亭》题记，汤显祖在文中以这句话感叹的是杜丽娘的生死不了情，而我觉得，这句话也是我们念念不忘回望烽火岁月、探访红色历史、缅怀英雄烈士的应有之义，正是那些令我们深深敬仰的革命先辈在战火硝烟里胸怀家国使命、敢于亮剑牺牲所带给我们的灵魂触动。

刘计平

2023年10月于阳泉

.